距离完美还有多远

感动女孩的

这个公主故事

总策划/邢涛　主　编/龚勋

翻开本书，进入梦想的公主世界
结交美丽善良的女孩，收获心灵的无限启迪
即使以后遭遇挫折、烦恼和厄运
我也不再退缩害怕，因为我已是一个真正的公主

汕头大学出版社

青春路上的方向标

世界儿童基金会 林善富

迷路的航船有灯塔导航，迷路的人们有路标指路。可是，在青春路上迷惘的男孩女孩们，依靠什么来寻找方向？粗暴地训斥吗？NO！放任不管吗？NO，NO！让你们学会自我思考，再加上适当的引导才是正确的方法。这两本专为青春期的男孩女孩们准备的书就是最好的导航塔、方向标。

年轻的男孩们会遭遇风风雨雨，如果你还没找到挡风避雨的方法，让这套书来告诉你！年轻的女孩们如怒放的鲜花，如果你不知道如何让你的青春之花开得绚烂多彩，让这套书来告诉你！

这套书精选了百条篇中外精彩故事，这些故事能感动我们，这些故事能让我们学会善良，学会坚强，学会自信，学会乐观，学会在人生舞台上尽情挥洒梦想。

在成长的青春岁月里，我们可能会遭遇烦恼、挫折，甚至失败，但我们不再退缩、害怕，因为我们相信在导航塔、方向标的指引下，只要坚持走下去，梦想终会实现！

男孩女孩的最佳青春读本

中国儿童教育研究所 陈勉

　　进入青春期的男孩女孩们，性别意识越来越强烈，性格特点也越来越明显。男孩们开始有了对成功的期盼，女孩们开始有了对完美的追求。可是如何去实现这些目标，又让他们有些茫然不知所措。

　　这套书一本送给男孩，一本送给女孩。两本书分别从男孩和女孩的性别特点出发，精选适合他们阅读的各种富有人生哲理的小故事。这些故事意境深远，引人深思。这些故事有助于男孩女孩们确立自己的目标，并为实现这个目标坚持不懈地去努力，也许过程充满艰辛，可是成长的岁月却因为这些梦想和艰辛而充满激情与欢乐。

　　此外，书中每则故事都有配图，绘图的精美程度足见编者的用心。希望每位读者在阅读这套书的同时，不仅被故事所感动，也会因精彩的插图而身心愉悦！

　　当你读完这些小故事，合上书本，向前眺望时，前方的路是否已变得清晰可见，不再被浓雾遮挡？请迈开脚步，朝着目标，坚定勇敢地前进吧！

距离完美还有多远……

前 言
Foreword

　　每个女孩心中都有一个公主梦。公主并不是只要打扮得漂漂亮亮就可以，真正的公主必须具备一定的素质，本书将告诉你成为公主的"秘诀"。

　　本书精心选取了数十个极具感染力的故事，其中有生于皇室的公主们的成长故事、杰出女性的成才故事、普通女孩感人至深的励志故事等。这些故事内容涉及女孩将面临的气质修养、社交礼仪、交友恋爱等诸多方面，融思想性、艺术性、文学性于一炉，具有很高的欣赏价值，同时富有极强的启迪性。

　　我们绘制了灵动优美、风格独特的图画，使孩子们在阅读文字的同时，受到美的熏陶。此外，我们给每一则故事都提炼出一条引言，帮助孩子们领悟故事中的哲理，获得人生的启迪。

　　希望本书能为女孩们开启一扇心灵的窗户，帮助女孩们扬起理想的风帆，使她们在生活中成为乐观、自信、坚强、出类拔萃、高雅不凡的公主。

目录
Contents

距离完美还有多远……

每个女孩都是天使，也许你并不完美，但只要不断完善自我，你就是独一无二的公主。

"芭比"的诞生

执著于自己的梦想，不断地努力追求，你就能创造奇迹。

撰文/佚名

1916年，露丝·汉德勒出生在美国科罗拉多州首府丹佛市。19岁时，刚上大学二年级的露丝只身来到好莱坞学习设计。经过多年的打拼，1944年，露丝有了自己的玩具公司。

一天，她看见女儿正在和一个小男孩非常入迷地玩剪纸娃娃，这些剪纸娃娃不是当时常见的婴儿宝宝，而是有各自职业和身份的少年。"为什么不做成熟些的玩具娃娃呢？"露丝脑海中迸发出了这样的灵感。

在芭比娃娃诞生之前，美国市场上给小女孩玩的玩具大多是可爱的小天使，外形圆乎乎、胖嘟嘟的。这是大人对孩子们玩具的想象，但在大孩子的眼中，这种玩具却略显"幼稚"，因为他们需要的是跟自己年龄相仿的玩伴。

　　到底要把自己公司的娃娃设计成什么样子呢？露丝一直苦苦思索。后来，露丝在德国看到了一个叫"丽莉"的娃娃。"丽莉"十分漂亮，用硬塑料制成，长长的头发扎成马尾拖至脑后，身穿华丽的衣裙。露丝受到启发，想设计出一种"成熟"的玩具，但她的同事认为"丽莉"衣着太暴露了，不适合孩子们玩。露丝最终决定，将"幼稚"与"成熟"结合起来。于是，"芭比"的样子在露丝的脑子里越来越清晰。不久，芭比娃娃诞生了！

　　半个世纪以来，露丝创造的芭比娃娃成了全世界小女孩的心爱之物，同时它也成了美国文化的一个象征。

八年的承诺

承诺有时轻如鸿毛，容易随风飘散；有时却重如泰山，不会被轻易颠覆。

撰文/佚名

　　这是一份坚守了八年的承诺，维系它的却是一个瘦弱的肩膀。

　　也许，上天在赋予张芹灵魂的一刹那，忘记了赐予她行走能力。张芹来到这个世界，带着重度小儿麻痹，下肢无任何知觉。

　　在旷野中自由奔跑，是每个孩子的梦想，当张芹到了上学的年龄时，这个懂事的小姑娘把对外界的向往埋藏在了心里。于是，窗户成为她最喜欢的地方，只有透过明亮的玻璃，她才能认识外面的世界。

　　上天醒了，他看到了自己的疏忽对这个可怜的孩子的影响，于是，一位"天使"在张芹出生的第二年降临人世。

　　每天看着这位坐在窗前的姐姐，孙园娜都能感觉到她那双眼睛对自由的渴望。也许就是一刹那的触动，"天使"记起了自己的责任。就在开学的时候，孙园娜跑到张芹母亲的面前，稚嫩的声音震撼了所有人：

"让张芹上学吧，我来背她！"

从那天起，孙园娜和张芹一起出村，一同回家。八年前的"誓言"一直持续到今天。

了解到张芹的情况，学校特意安排同学们分成小组，轮流负责护送刚刚上学的张芹回家，而孙园娜始终没有忘掉自己的承诺，坚持每天陪着张芹。她与同学比个头，说："我个子比你们高，先由我来背，累了就换你们。"

每天早晨上学、傍晚放学，背着张芹走在山路上的大多是孙园娜。其余同

学簇拥在两人身边，不时替换，但每当孙园娜恢复
体力后，便会抢着背张芹。弯曲的山路虽然没
有陡坡峭壁，张芹的体重虽然很轻，但对
一个未满十岁的孩子来说，这段路需要付
出数倍的汗水。有时走一段路，几个人
要走一个多小时，休息十几次……

　　一转眼两年过去了，张芹的父母看着
孩子们每天背着女儿上学放学非常辛苦，
就特地找人做了一个轮椅车。从
此，大伙有了"新助手"。

　　虽然推着轮椅车比背在肩上轻松，但山路的崎
岖还是让孙园娜和小伙伴们大吃苦头。最难熬的是冬天。出门时天色尚
暗，路况难辨，轮椅车常常陷进沟里。几个人不得不前引后推，将车拉
出。如果碰到雪天，情况就更糟了。

　　小学六年很快过去了，张芹就要上初中了，而学校离家很远，需要
住宿。张芹的父母又发愁了。就在这时，孙园娜又主动上门，对张芹的
母亲说："只要张芹想读书，我就会和她在一起。"

　　于是，开学的第一天，她和张芹一起出现在中学的校园。

　　八年陪伴上学的路上，这位年仅十余岁的女孩，用质朴而坚决的行
动，捍卫了这份沉甸甸的承诺。

别让新奇的念头溜走

对一个全新的创意来说，只有把它付诸实践，才能发挥出它的价值。

撰文/逸凡

　　商业奇才、身家达数亿英镑的超级女富翁安妮塔·罗蒂克做化妆品生意之前，是个喜欢冒险的嬉皮士，她尝试过多种职业，做过不少生意，但都失败了。一天，她在与男友聊天时，突然产生了一个神奇的念头：为什么我不能像卖杂货和蔬菜那样，用重量或容量的计算方式来卖化妆品？为什么我不能卖一小瓶的面霜或乳液，而不是把化妆品的大部分成本花在精美的包装上，并以此来吸引消费者？她马上按照那个念头去做了，于是，她成功了，她的美容小店生意很红火。

　　开业之初的热闹过去后，有一段时间安妮塔的生意很清淡。她冥思苦想，又有了一个出人意料的好念头。

在凉风习习的早晨，当市民们去肯辛顿公园的时候，总会发现一个奇怪的现象：一个披着长发的古怪女人沿着街道或草坪喷洒草莓香水，清新的香气随着晨雾四处飘散。人们驻足观看，忍不住发问：这个古怪的女人是谁？她当然就是安妮塔。于是，安妮塔带着她的古怪草莓香水瓶，登上了《观察晚报》的版面。她说，她要营造一条通往美容小店的馨香之路，让人们闻香而来。很快，她的生意逐渐又兴旺起来。

美容小店的一切都给人们一种与众不同的感觉，这使她的小店生意日增。很快，她开了第二间、第三间同样风格的小店……1978年，她的第一家境外连锁店在比利时的布鲁塞尔开张营业。

不盲从的"小公主"

不轻信、不盲从、永远追求真理，你就为实现梦想插上了翅膀。

撰文/佚名

伊伦·约里奥·居里是居里夫人的大女儿，1935年诺贝尔化学奖的获得者。伊伦从小勤学好问，自懂事起就被带进了科学园地之中。

一次，在课堂上，物理学家朗之万给孩子们提出了这样一个问题：把一条金鱼放进一个装满水的鱼缸里，然后把溢出的水接到另一个缸子里，结果发现溢出来的水的体积比这条金鱼的体积小，这是为什么？

"真怪呀！""也许是金鱼把水喝到肚子里去了？"孩子们七嘴八舌地议论着。伊伦没有参加议论，而是用手托着小脸蛋想得入了神。她记得妈妈讲过的浮力定律：浸没在水中的物体所排开的水的体积应当与这个物体的体积相等。可是怎么到了金鱼身上就不灵了呢？朗之万伯伯是个渊博的大科学家，总不会是他弄错了吧？

　　伊伦一回家就从妈妈的实验台上取了一个缸，又弄了条鱼，开始做这个实验。结果发现溢出的水的体积与金鱼的体积一样！不多也不少！

　　第二天一上课，伊伦便生气地质问朗之万伯伯，为什么要给小伙伴们提出一个错误的问题，并详细地描述了自己做金鱼实验的经过和结果。没想到朗之万听完后，竟然赞赏地笑了："伊伦，你是个聪明的孩子。通过这个小谎言，我想告诉孩子们，科学家说的话不一定就对，你们只能相信事实，要知道，严谨的实验才是最可靠的证人。"

　　在这种富有探求精神的、活泼的教育下，伊伦成了孩子当中的科学明星，成为名副其实的科学世家的"小公主"。

从绝望中找到希望

只要我们怀着信心和希望，具有坚忍不拔的毅力，就一定能跨越障碍，超越自我。

撰文/佚名

1880年6月27日，海伦·凯勒出生在美国南部一个叫塔斯康比亚的小镇上。在她1岁零7个月时，一场突如其来的猩红热产生的高烧使海伦失明、失聪，接着，她又丧失了语言表达能力。海伦从小就不轻易认输，不久，她就开始用其他感官来感受这个世界了。

7岁那年，安妮·沙利文老师来到海伦的身边，她用爱心和智慧引导海伦走出无尽的黑暗和孤寂。老师让海伦摸一样东西，然后伸出手指在海伦的手心里拼写出这样东西的名称。海伦就把这个英语单词默默地记在心里。就这样，她很快学会了许多单词。

当海伦长到10岁时，她开始学习说话了。老师反复地念同一个字母，海伦就用手摸索，体会老师发音时嘴唇和舌头的动作，再跟着模仿。一遍，两遍，十遍，二十遍……一下课，海伦就一个人到安静的地方，拿着一本大大的盲文课本，一边用手指摸读，一边大声地反复念诵。她没日没夜拼命地练，连吃饭、睡觉也顾不上。每一个字母，每一个单词都要念上无数遍，直到自己感到别人能听懂为止。经过一段时间的刻苦努力，她终于能开口说话了。当海伦第一次说出"天气很暖和"这句连贯的话时，老师和家人真是又惊又喜。只有他们才懂得，这对又聋又瞎的海伦来说，实在太不容易了。

　　凭着顽强的毅力，海伦学会了盲文，学会了说话，甚至还学会了五六种外国语言。1904年6月，海伦以优异的成绩从哈佛大学拉德克利夫学院毕业。尽管命运之神夺走了海伦的视力和听力，但她却用勤奋和坚忍不拔的毅力紧紧扼住了命运的咽喉。

打开心灵的窗

用我们的爱去融化冰封的心，让爱心像阳光一样洒满世界的每一个角落。

撰文/奥斯勒

几十年前，纽约北郊曾住着一位叫艾米丽的姑娘，她自怨自艾，认定自己的理想永远实现不了。她的理想和每一位妙龄少女的理想一样：跟一位潇洒的白马王子结婚，白头偕老。

在一个雨天的下午，艾米丽在家人的劝说下去找一位著名的心理学家。握手的时候，她那冰冷的手指让心理学家的心都颤抖了。她的面孔苍白而憔悴，眼神呆滞而绝望，连讲话的声音都像是从坟墓里飘出来的。

心理学家请她坐下，通过与她的谈话，心里渐渐有了底。最后他对艾米丽说："星期二晚上，我家有个晚会，请你来参加……"

艾米丽摇了摇头，心理学家理解地点点头，问："你是说参加了晚会也不会愉快是吧？""肯定愉快不了。""不过我是想请你来帮忙的。参加晚会的人不少，互相认识的人却不多。你来了，可不能像蜡烛那样插着不动，等着别人上前跟你打招呼。相反，你得处处留心帮助别人。要是看见哪个年轻人孤孤单单，你就上前向他问好，就说你代表我欢迎他。你的任务就是帮助我照顾客人，明白了吗？"

艾米丽一脸不安，心理学家继续说："人都到齐了，你再看还能帮助客人做些什么。要是太闷热了，就去开窗；谁还没有咖啡，就端一杯给他。我想你要帮我大忙呢！"

星期二这天，艾米丽发式得体，衣衫合身，来到了晚会上。她按照心理学家的吩咐，只想着帮助别人。她眼神活泼，笑容可掬，成了大家都喜欢的人。散会时，同时有三个青年说要送她回家。

之后，这三个青年都热烈地追求艾米丽。艾米丽最后选中了其中的一位，让他给自己戴上了订婚戒指。在婚礼上，有人对这位心理学家说："你创造了奇迹。"

"算不上奇迹。"心理学家说，"这很简单，人不该老想着自己，怜悯自己；而应想着别人，体恤别人。艾米丽正是因为懂得了这个道理，所以才变了。"

当遭遇拒绝时

诚信、耐心和敢于承担责任的上进心是敲开机遇大门的一把钥匙。

撰文/德隆

一位刚毕业的女大学生到一家公司应聘财务会计工作，面试时遭到拒绝，理由是她太年轻，公司需要的是有丰富工作经验的资深会计人员。女大学生没有气馁，一再坚持地对主考官说："请再给我一次机会，让我参加完笔试。"主考官拗不过她，答应了她的请求。结果，她通过了笔试，由人事经理亲自复试。

人事经理对这个女孩儿颇有好感，因为她的笔试成绩最好。不过，女孩儿的话让经理有些失望，她说自己没有工作过，唯一的经验是在学校管理过学生会财务。

人事经理不愿找一个没有工作经验的人做财务会计，只好敷衍道：

"今天就到这里，如有消息，我会打电话通知你。"

女孩儿从座位上站起来，向人事经理点点头，然后从口袋里掏出一美元，双手递给人事经理，说："不管是否录用我，都请您给我打个电话。"

人事经理从未见过这种情况，竟一下呆住了。不过他很快回过神来，问："你怎么知道我不给没有被录用的人打电话？"

"您刚才说有消息就打，那言下之意就是没被录用就不打了。"

人事经理对这个年轻女孩儿产生了浓厚的兴趣，问："如果你没被录用，我打电话的时候你想知道些什么呢？"

"请告诉我，我在什么地方不能达到你们的要求，我在哪方面不够好，我好改进。"

"那一美元……"

没等人事经理说完，女孩儿微笑着解释道："给没有被录用的人打电话不属于公司的正常开支，所以由我付电话费，请您一定打。"

人事经理马上微笑着说："请你收回这一美元。我不会打电话了，我现在就正式通知你，你被录用了。"

就这样，女孩儿用一美元敲开了机遇的大门。

第六枚戒指

面对他人的错误，选择理解与宽容也许是最好的方法。

撰文/安·佩普

17岁那年，我好不容易找到了一份临时工作——在一家珠宝行当店员。

圣诞节快到了，店里也越来越忙。有一天，我在整理戒指时，不经意间一抬头，瞥见那边柜台前站着一个男人。他个子高高的，白皮肤，三十来岁，但他脸上的表情却吓了我一跳。他的脸上写满了贫穷，正用一种近乎绝望的眼神，盯着那些宝石。

电话响了，有买主要看珠宝，于是我赶紧去橱窗那儿拿。慌乱中，我的衣袖碰落了橱窗里的一个碟子，里面六枚价值连城的钻石戒指一下子滚落到了地上。我用近乎狂乱的速度俯下身去捡，却只找回五枚。第六枚戒指哪里去了？我找遍了橱窗附近的角角落落，依然一无所获。

就在这时，我突然看见那个高个子男人正要快步离去。刹那间，我明白戒指在哪儿了。

就在他的手碰到门把手的一瞬间，我叫道："对不起，先生！"

他转过身来。在漫长的一分钟里，我们相视无语。

"有事吗？"他问。我分明看见他的神色有一丝慌乱。

我确信，此时他就是掌握我命运的人。我能感觉出他进店不是来偷东西的，也许他只是想得到片刻的温暖或者是感受一下美好的东西。我能理解他的心境：一些人在购买奢侈品，而他一家老小却忍饥挨饿。

"什么事？"他再次问道。我想起了母亲的话：大多数人都是心地善良的。突然，我知道该怎样回答他了。

"先生，这是我第一份工作。你知道，现在找个活儿干很难，对不对？"我轻声问。他久久地凝视着我，慢慢地，他的脸上露出了温柔的笑容。

"不错，这倒是真的。"他回答，"不过我相信，你在这里一定能干得很好。我可以为你祝福吗？"他向我走来，把手伸给我，我们的手紧紧地握在了一起。

等到他走出店门，消失在浓雾中后，我慢慢转过身，将第六枚戒指放回了原处。

第七条白裙子

纯洁的友谊是心与心之间架起的桥梁，值得好好珍惜。

撰文/孙小明

和婉同宿舍的六个女生都来自城市，婉来自乡下。

进入初夏的一天，同室的雅文从街上买回一条洁白的连衣裙。几个女孩子一下围过去，赞叹之声不绝于耳。最后，大家商定，她们宿舍的每个人都买一条这样的裙子。她们征求婉的意见，婉从书上抬起眼睛，极不自然地笑笑，未置可否。一百八十元一条的裙子也许算不上高档，而对于一个贫困的家庭来说，这个数字意味着什么，婉很清楚。

两周后，宿舍里便有了六条那样的白裙子，只有婉出入还是那身土里土气的衣服。那晚婉失眠了。上铺的雅文睡梦中翻了个身，她的白裙子飘然滑落下来。婉轻轻捡起来，她突然想穿上它试试。这种欲望驱使

她悄悄起床，将那条裙子罩在身上，蹑手蹑脚出了寝室。

校园里寂静无人，月光如水般倾泻在草坪上，荷叶边的裙裾在婉脚下飞扬。今夜，婉是月宫里出巡的嫦娥。婉想，她该回去了，她不敢奢望太多的幸福，只这一会儿就够了。婉提着裙裾轻轻上楼，又轻轻开门……突然，"啪"的一声，电灯亮了，"这么晚了你……"雅文的话只说了一半，所有的人都已醒来。雅文反应很快，伸手拉灭了电灯。屋里恢复了死一般的寂静，婉呆立中央，那一刻知道了什么叫入地无缝。

第二天，雅文她们像是商量好了似的，都换上了平时穿的衣服。

这一天是婉十九岁的生日。回去的时候，宿舍里已没了灯光。婉悄悄开门进屋，突然，一道火光点亮了一支红烛，六个身着一色白裙的女孩围坐在桌旁，笑眯眯地望着婉。雅文走过来，将一个包装精美的纸盒递给她说："生日快乐！"婉愣了好一阵子，然后用颤抖的手解开红丝带，打开，里面是一条和她们身上一模一样的白裙子。

婉能说什么呢？一切的苦恼都不过是她的自卑罢了。

宿舍里有了第七条白裙子，从此，校园里也多了一道亮丽的风景。

大学四年，除了那条白裙子，婉的确没穿过一件像样的衣服，但她却没有因此而自卑过。

第一双红舞鞋

所有的成功都来自于行动。现在就出发，梦想才能变成现实。

撰文/德隆

几年前，安东尼·吉娜是大学里艺术团的歌剧演员。在一次校际演讲比赛中，她向人们展示了一个最为璀璨的梦想：大学毕业后，先去欧洲旅游一年，然后在纽约百老汇中成为一名优秀的女主角。

当天下午，吉娜的心理学老师找到她，尖锐地问了一句："你今天去百老汇跟毕业后去有什么差别？"吉娜仔细一想："是呀，大学生活并不能帮我争取到在百老汇的工作机会。"于是，吉娜决定下学期就出发。

老师又紧追不舍地问："你下学期去跟今天去，有什么不一样？"

吉娜有些晕眩了，想想那个金碧辉煌的舞台和那双在睡梦中萦绕不绝的红舞鞋……她终于决定下个月就前往百老汇。

老师乘胜追击地问："一个月以后去，跟今天去有什么不同？"

吉娜激动不已，她情不自禁地说："好，给我一个星期的时间准备一下，我就出发。"

老师步步紧逼："所有的生活用品在百老汇都能买到，你一个星期以后去和今天去有什么差别？"

吉娜终于双眼盈泪地说："好，我明天就去。"

第二天，吉娜就飞赴全世界最巅峰的艺术殿堂——美国百老汇。当时，百老汇的制片人正在酝酿一部经典剧目，几百名来自世界各国的艺术家纷纷前去应征主角。

吉娜费尽周折，终于从一个化妆师手里要到了将要排演的剧本。在以后的两天中，吉娜闭门苦读，悄悄演练。正式面试那天，当制片人要她说说自己的表演经历时，吉娜粲然一笑，说："我可以给您表演一段在学校排演的剧目吗？就一分钟。"制片人同意了。

当制片人听到传进自己耳朵里的声音，竟然是将要排演的剧目对白，而且，面前这个姑娘感情是如此真挚，表演是如此惟妙惟肖时，他惊呆了！他马上通知工作人员结束面试，主角非吉娜莫属。

就这样，吉娜来到纽约的第三天就顺利地进入了百老汇，穿上了她人生的第一双红舞鞋。

独一无二的柠檬

不要害怕与众不同，柠檬也会散发出独具特色的感染力。

撰文/佚名

大学毕业后，我去了一家外企工作。我第一次领工资那天，真是开心。本来我想打开钱袋和大家一起分享快乐，可是，看见他们个个都那么神情严肃，我只好傻傻地对着大伙笑……

后来我才知道，每个人的工资都是不相同的，谁也不想把老板对自己的"秘密"公开，也许只有我这个新鲜人才会天真到期待与大伙一起放声大笑，坦然交流。我成了他们眼中的异类。

每个月的最后一个周末，公司都会举行一场派对，晚餐就是每个员工带来的食物。我是第一次参加这种聚会，没什么经验。就在我拿不定主意的时候，妈妈说话了："带一个水果拼盘去吧，肯定会大受欢迎！"

做拼盘的时候，妈妈放进去了一个柠檬。她说："只放一个就行，它与其他水果不一样，不能太多，但不能没有它。"

其实，那枚柠檬就好比是我当时的处境。妈妈没有点明，但她却用一枚柠檬鼓励我，启发我，不要害怕与众不同，只要认定那是一种魅力，总有一天，人们会接受那种独具特色的感染力。因为每一个集体都像一盘水果，彼此映衬中，人们总会发现那枚柠檬的阳光色彩和真诚芳香。

那天的聚餐会，只有我一个人带水果，但却最受欢迎。独具匠心的水果拼盘，还吸引了来自香港的总裁比尔先生的目光。后来，我被总裁点名去做外联，理由只有一个——我有创意和感染力。

杜小雅的五味成长剧

梦想是绚丽多彩的舞台，但我们要用恰当的方式来实现它。

撰文/岑桑

杜小雅不是漂亮的女孩，却固执地喜爱戏剧。妈妈说，不要浪费高三宝贵的时间了。可杜小雅不以为然，她想要报考艺术院校。

高三的第一个学期，学校戏剧社吸纳新成员，杜小雅不顾妈妈的反对，毅然报了名。在小礼堂幽暗的灯光里，她第一次见到戏剧社的社长丁伟。

丁伟那天穿着蓝色棉布衬衫，总是微微地笑着。他要求所有新成员在舞台上表演一段话剧，借此来了解每个人的潜力。

戏剧社的新成员都还分不清影视与戏剧的区别。舞台上的每一段表演，大部分都是某部电影或电视剧的著名片段。只有杜小雅，念了一段

《威尼斯商人》中鲍西娅的道白，声情并茂。

台下传来同学哄堂的笑声。"太煽情了吧。"

杜小雅尴尬地站在台上。

"不，这才是戏剧。"丁伟站了起来。

"天啊，早知道戏剧社就演这样的戏，我就不来了。"昏暗中，依稀是个窈窕的女生，她有着细卷的头发，杜小雅认识她，是对门寝室的林佳佳。丁伟没有理她，走上台向所有人肯定了杜小雅出色的表演。静静站在丁伟身后的杜小雅，脸上有了不易察觉的微红。

这几天，戏剧社开始排演著名的歌舞剧《卡门》，准备参加市里举办的"莎翁杯"校际艺术大赛。丁伟当然是无可争议的唐·霍赛。至于卡门，丁伟问杜小雅，谁演会比较合适呢？杜小雅本来想说自己，但最后推选了林佳佳。其实，杜小雅一直希望丁伟会主动选择自己做那个女主角。

　　林佳佳很漂亮，有着与卡门一样的卷发。丁伟觉得林佳佳很合适，只是她演戏的技巧却差了许多。最后，他们决定要给林佳佳补课。

　　从那天起，排演结束后的这段时间，开始多了林佳佳的笑声。每次和丁伟对戏，林佳佳都想笑，笑声时大时小，让杜小雅有些不耐烦，觉得她太过儿戏了，可丁伟却仍然耐心十足地给她讲戏。

　　杜小雅在戏里饰演叫赛梅赛黛斯的占卜姑娘。她用纸牌来测算卡门的命运与爱情。

　　林佳佳不再笑场，演技一天一天地好起来。杜小雅有些后悔当初没有勇敢地对丁伟说，自己比林佳佳更想演卡门。如今，她只能坐在昏暗的台下，看林佳佳与丁伟演绎那段经典的剧幕。

　　正式演出那天，阴沉的云层传来隐隐的雷声。到场的观众很多，小礼堂座无虚席，可后台却乱成一团。开演在即，却找不到林佳佳。她的戏服、书包、手机，全都放在化妆间，可人却不知去向。杜小雅也在后台帮忙寻找。她隐约听到有人敲门，道具间里传来林佳佳的声音。"谁把门锁上了，放我出去啊！"

　　杜小雅连忙跑过去，可跑到半路突然停住了脚步。她有些犹豫了，或许这是她最后的机会，让她找回自己失去的梦想。她不想再放弃。

　　"找到林佳佳了吗？"身后丁伟跑了过来。

杜小雅飞快地迎上去大声地说："这边没有，你那边有吗？"丁伟无奈地摇摇头。

"要不然，我先顶替她上吧。她的角色，是我陪她练的。台词方面我没有问题。"

窗外，雷声轰鸣，覆盖了林佳佳求助的喊声。丁伟没有别的办法，只好拉着杜小雅去了化妆间。

演出开始了。轻快的音乐声中，杜小雅轻轻地晃动着身体，骄傲地走了出来。台上的卡门趾高气扬。杜小雅开始期待后面与丁伟的每一幕对手戏。可就在她下场前最后一次的回望中，却看见了丁伟表演的瑕疵。一个原本应该对望的眼神，却从她的身边滑过，落到已经坐在了台下的林佳佳身上。她读得到那眼神中的询问与关怀。

五幕戏剧，演得中规中矩，没有杜小雅想象的绚丽。首演圆满，林佳佳跑上来和她拥抱，兴奋地说："谢谢你帮我救场，你比我演得好多了。"

杜小雅摇摇头说："不，我不好。"她悄悄换下戏服，一个人走了。

其实，就在第一幕结束的时候，丁伟轻轻地在她耳边说："你不应该那样做的。"

杜小雅知道，丁伟还是听到了林佳佳的呼叫声，却善意地成全了她的梦想。而这小小的宽容，也终于让她明白，梦想是绚丽多彩的舞台，但却不应该用青春的底色作为交换的代价。

多努力一次

成功的秘诀就在于多努力一次。为了成功，你努力了多少次？

撰文/佚名

一对从农村来城里打工的姐妹，几经周折才被一家礼品公司录用。

她们没有固定的客户，也没有任何关系，每天只能提着各种工艺品的样品，沿着城市的大街小巷寻找买主。五个多月过去了，她们跑断了腿，磨破了嘴，仍然到处碰壁，连一个钥匙链也没有推销出去。

无数次的失望磨掉了妹妹最后的耐心，她向姐姐提出，两个人一起辞职，重找出路。姐姐却说，万事开头难，再坚持一阵，也许下一次就有收获。妹妹不顾姐姐的挽留，毅然告别了那家公司。

第二天，姐妹俩一同出门。妹妹按照招聘广告的指引到处找工作，姐姐依然提着样品四处寻找客户。那天晚上，两个人回到出租的屋里时却是两种心境：妹妹求职无功而返，姐姐却拿回来推销生涯的第一张订单。一家姐姐四次登过门的公司要召开一个大型会议，向她订购二百五十套精美的工艺品，总价值二十多万元。姐姐因此拿到两万元的提成，淘到了打工的第一桶金。从此，姐姐的业绩不断攀升，订单一个接一个地来。

六年过去了，姐姐不仅拥有了汽车，还拥有一百多平方米的住房和自己的礼品公司。而妹妹的工作却依然不稳定。

妹妹向姐姐请教成功的诀窍。姐姐说："其实，我成功的全部秘诀就在于我比你多了一次努力。"

只相差一次努力，姐妹俩却走上了不同的人生之路。多少业绩辉煌的知名人士，最初的成功也源于"多一次努力"。

父亲的教导

展示自我的风采，用加倍的努力来赢取成功。

撰文/佚名

玛丽亚十二岁时，有个女孩子老是挑她的缺点。

有一回，听完玛丽亚的"控诉"后，她的父亲平静地说："你把那个女孩子的看法写在纸上，在正确的地方标上记号，其他的不必理会。"

遵照父亲的话，玛丽亚把那个女孩子的意见罗列下来。她惊讶地发现，这个女孩所讲的差不多有一半是正确的。有一些缺点是玛丽亚无法改变的，例如她特别瘦的身材；但是大多数她都能改，并愿意立即改掉。有生以来，她第一次对自己有了一个较为全面而清晰的认识。在人生许多关键的时候，父亲的这个教导总是萦绕在玛丽亚的耳边。

一个偶然的机会，玛丽亚来到好莱坞闯荡。在电影城，她试遍了每一家制片厂，还是没能找到正式工作，只能当一名候补演员。一位导演说："你的脖子太长、鼻子太大，这副样子永远演不了电影。"

玛丽亚想："倘若这位导演说的是正确的，我对此也没有办法。可是，也许这意见并不对呢。我觉得应该继续用加倍的努力来赢取成功！"

后来，一位善良的人给了她所需要的正确意见："你应该学会用你自己的方法演唱。"这些话开始鼓舞玛丽亚，正像父亲常对她讲的那样。

不久，好莱坞夜总会宣布候补演员演出节目，玛丽亚又一次登台了。玛丽亚不再模仿别人，她决心做真正的自己。这回，她得到了别人的认可，找到了梦寐以求的工作。

感恩奉孝

孝，潜藏着一种巨大的能量，一旦发掘，即可摄人肺腑，感天动地。

撰文/崔逾瑜

　　她叫刘芳艳，是一名大学生。谁能想到，这样一个个头不高、面容清秀的女孩，背着失明的母亲上大学，用稚嫩单薄的双肩把一个破碎的家撑起，为年迈失明的母亲撑起一片晴空！

　　小芳艳出生于西北一个贫困的小山村。那里是名副其实的黄土高坡，恶劣的环境锻造了芳艳坚强的性格。14岁那年，芳艳的父亲带着无限的牵挂，撒手人寰。双目失明的母亲整日以泪洗面，生活的重担压到了芳艳和哥哥身上。几年后，芳艳历经千辛万苦，如愿考取了外地的一所大学。就在这一年，哥哥外出打工，同家人失去了联系。在千里之外求学的芳艳，放心不下家中年迈失明的母亲。芳艳做出了一个艰难的决定：休学。从此，芳艳背着行囊，牵着母亲，闯荡到某个城市，靠打工维持生计。在打工的日子里，芳艳一边悉心照顾母亲，一边省吃俭用积攒学费。

转眼间，一年过去了。芳艳挣够了学费，就带着母亲重返她日思夜想的大学校园。学校得知芳艳的经历后，十分感动，为她们母女提供了住宿的地方，每月发给她生活费，并为她安排了两份勤工俭学的工作。

每天傍晚，是芳艳和妈妈最快乐的时光。芳艳读书读报给妈妈听，或讲讲学校里发生的趣闻趣事。有时，母女俩手牵着手，在校园里散步、晒太阳……

母亲对芳艳怀着深深的愧疚，芳艳看出妈妈的心思，安慰道："妈，您看看别人，上大学都难得见到妈妈，我天天可以看见您，比他们好多了！再说，您是我妈，孝顺您是天经地义的呀，我就乐意做您的'眼睛'和'拐杖'！"芳艳偎着妈妈，脸上盛满幸福。

孝无声，爱无休。芳艳背负的不仅仅是年迈的亲娘，而是一座感恩的大山，更是恪守人伦的孝道。她用无私的孝心舞出人间的善与美，绽放出了生命的奇迹。

给美丽做道加法

花季年华的女孩们，该如何让自己更加美丽？

撰文/高汉武

就像平静的湖面落下一枚银币，突然的声响，惹得满教室的花朵晃起来。靠窗那排坐在最后的同学，弄碎了一块小镜子。

这是上午的第二节课，老师的讲述已停下来，同学们正进行课堂练习。初冬的阳光从窗外涌进来，流淌在摊开着的课本上的字里行间。在教室的课桌间来回踱步，看长长短短的七排秀发及秀发下亮晶晶的112粒黑葡萄，捕捉沙沙的写字声合成的音乐，男老师感觉到自己好像一位农民在田间小憩，擦汗的同时聆听着庄稼的拔节之声。

一个小姑娘心爱的小镜子摔坏了。

教室里低低地有了议论："臭美！扮啥酷呀！"

"上课怎么能照镜子？"

"活该受批评了。"

"看老师怎么办？"

老师没有言语，他有意无意地听着同学们的每一句议论。这些女孩子全是十五六岁的年龄，作为旅游职中的新生，脸蛋身材口齿当初都曾经过精心挑选，一笑甜爽爽的，开了口也如一巢出窝的小鸟，三五分钟是静不下来的。男老师的心里笑着，他知道她们在讲台下的反应。

其实，开始练习后不久，老师就看见那位同学悄悄摸出了小镜子。他看到她

将镜子偷偷压在作业本下，写几笔作业就照一照。借着阳光，一只蝴蝶的淡黄色的发夹舞动在她的前额，花季的脸真是漂亮。

男老师想提醒她，但一时没有想好合适的话。现在经同学一催化，他忽然有了一种灵感。

他微笑着先开口问了一个物理问题："请说说平面镜的作用。"

"有反射作用。"这很简单，全班56个同学几乎异口同声地回答。

"是啊。"老师说，"同学们，几分钟前，我们教室里56位同学变了57朵花，有一个同学借镜子反射出一朵。但是，镜中的花是虚的，镜片只能反射美丽，并不能增加美丽。要增加美丽，或者让美丽面对岁月雨雪风霜的一笔笔减数，还是保持总数不变，我们唯一的办法是从另一方面给它再一笔笔添上加数。这加数是指，我们一次次做进步的努力，一次次为自己的目标不轻言放弃，或者，一次次向我们周围需要帮助的人伸出自己的援手……而此刻，对坐在教室里的你来说，帮助你增加美丽的是你桌上的书本。"

再也没有任何声音，一池吹皱的春水再度平静。

当天晚自习时，照镜子的女孩在日记中写下了这么一句话——给美丽做道加法。

给予树

奉献我们的善良之心、仁爱之情、体贴之意，会给人们带来真情和快乐。

撰文/郑思

圣诞节快到了，虽然我们并不宽裕，但仍决定好好计划一番。那段时间，孩子们沉浸在购买别致彩灯和餐具的喜悦中，兴致勃勃地忙着装饰房间。不过，他们最关心的是选购圣诞礼物。

这种热情让我担心：我仅仅攒了120美元，却有五个人分享它，怎么够买更多更好的礼物呢？圣诞节前夕，我分给每个孩子20美元，提醒他们记得至少准备四份约5美元的礼物。接着，我们分头采购，约定两小时后碰头回家。

回家途中，孩子们兴高采烈，不住嬉笑。你给我一点暗示，我让你摸摸口袋，不断猜测对方的礼物，但我注意到，8岁的小女儿金吉娅异常沉默。而且，我实在难以相信，一番狂购后，她的购物袋依然又小又平。透过透明的塑料口袋，我还发现她仅仅买了一些棒棒糖——那种50美分一大把的棒棒糖！我不禁怒从心头起：她到底用我给的20美元做了什么？这个疑惑让我的怒气几乎要当场发作。一到家，我立即将金吉娅叫到我的房间，关上门，打算好好地教育她。

"妈妈，我拿着钱到处逛，本想着送您和哥哥姐姐一些漂亮的东西。不过，我看到一棵'给予树'——援助中心的'给予树'。树上有许多卡片，其中一张是一个4岁小女孩写的。她一直盼望圣诞老人送给她一个穿裙子的洋娃娃和一把发梳作为圣诞礼物。所以，我取下卡片，买了洋娃娃和发梳，把它们和卡片一同送到援助中心的礼品区。"金吉娅时断时续，语带哽咽，因为没有给我们买到合适的礼物而难过，"我剩下的钱就……只够买这些棒棒糖。可是，妈妈，我们有这么多人，已经能得到许多礼物了；而那个小女孩还什么都没有，她……我……"

我一把搂住金吉娅，紧紧地拥抱她，感觉到无比富有。

这个圣诞节，金吉娅不但送我棒棒糖，而且送给我善良、仁爱、同情和体贴，以及一个素未谋面的陌生小女孩得偿夙愿的笑脸。

公主的诞生

执著和天赋为她开启了成功之门，使她成为最纯洁的银幕女神。

撰文/佚名

奥黛丽·赫本从小就非常文静，喜欢音乐，尤其喜爱舞蹈，成为一名演员或芭蕾舞蹈家是小赫本唯一的梦想。

二战爆发后，面对战争和饥饿，赫本依然坚守音乐和芭蕾的梦想。跳舞已成为赫本生活的唯一追求。赫本学习得非常认真，芭蕾舞学校的排练厅里，永远都少不了她的身影。

赫本每天都花大量的时间练习心爱的芭蕾舞，练得身上总是青一块，紫一块。一次，舞蹈老师见她穿着木制舞鞋跳舞，便把她叫到一边问道："为什么不穿缎面舞鞋？木制舞鞋硬硬的，穿着它跳舞不仅不舒服，还会损伤你的脚。"赫本轻声说："缎面舞鞋都磨坏了，没有新的鞋可以换，只有这双木制舞鞋了。"老师心疼地摸了摸她肿胀的脚，问："疼不疼？"赫本却笑着说："我喜欢跳舞，一点儿都不觉得疼。"

正是这种执著和天赋，为赫本开启了成功的大门。

1953年，大导演威廉·惠勒到剧院欣赏了奥黛丽·赫本的演出。正在为自己的影片《罗马假日》的女主角安妮公主犹豫不决的惠勒，一下子就被赫本舞蹈家的身材、优雅的气质、轻盈的体态所吸引，他不禁惊呼："我终于找到我的公主了！"

赫本无与伦比的美丽和优雅在《罗马假日》中表现得淋漓尽致。她扮演的楚楚动人的安妮公主一头黑色短发，外貌优美，气质脱俗，体态轻盈苗条。赫本的表演清新自然，一下子吸引了观众的目光，而她也因此成为奥斯卡影后。

在人们的心目中，奥黛丽·赫本永远都是公主的化身。

公主乖乖女

公主是美貌、智慧和高贵的代名词，而她却以平民形象演绎着公主的童话。

撰文/佚名

维多利亚公主是瑞典国王卡尔十六世·古斯塔夫与王后西尔维娅的长女，也是王位继承人。和其他从小在宫廷中娇生惯养的公主不同，维多利亚公主过惯了远离宫廷的独立生活，渴望成为一名普通的女孩。

从小，维多利亚的父母就对她和兄弟姐妹们一视同仁，把她当作普通孩子来培养。幼年时，维多利亚并没有感到自己的与众不同。直到有一天，5岁的她和小朋友们玩耍时突然发现，小伙伴对自己的态度很奇怪。她满心疑惑地跑回家向父母询问，父亲郑重地告诉她："因为你是未来的瑞典女王！"维多利亚第一次清楚地意识到了自己的身份。

后来，国王夫妇为了把爱女训练成为具有文学素养及亲和、独立的人，将不满20岁的维多利亚公主送到法国学习法国语言和文学，同时让她多接触平民生活。

在法国期间，这位来自北国的公主寄宿在普通百姓家中，平时穿着随便，和寻常年轻人一样朝气蓬勃。维多利亚公主只有一个房间和一套卫生洗浴设备，她每天早上8点起床到学校上课，还配合房东家人的生活步调，没有享受特殊待遇。

一个周末，维多利亚公主又静静地待在房间看书，房东太太不禁对她大加赞赏："你可真是个标准的好学生，除了和同学逛街、看电影，就乖乖地待在家里看书，真难以相信你贵为公主。"公主微笑着说："父亲曾告诉我，要不断地学习新东西。我知道自己的肩上有一份责任，我要努力充实自己，证明自己的实力。"

作为一名将要成为女王的公主，维多利亚不甘于做王室的饰品，她以普通女孩的标准严格要求自己，确实难能可贵。

红书包

世界上最美的东西莫过于一颗欣赏美的心。

撰文/秦文君

很多年前，我还是个小学四年级学生。和那个年龄的女孩一样，长着一头柔软的黄头发，扎着可笑的小辫子，并不知道自己最想要的是什么，但好像女孩子的天性已经萌生，开始注意同龄女孩穿些什么，看了后就迷迷糊糊的，想象自己拥有它们后的模样。看见好朋友打了个淡绿色的蝴蝶结，过不了几天，非要缠着母亲也替我买一副相同的蝴蝶结，结果两个人走在路上被人误以为是双胞胎。这样的事情发生得太多了，多得都让家人感到习以为常了。

有一回，同班的女孩背了一只崭新的红书包，那书包简直美极了，我只看它一眼，心里就发颤，不由伸出手去摸一摸，大概它美到我心里去了。

　　记得那天天气很干燥，我不知道喝了多少水却还是在喝，注意力被这美丽的红书包缠绕着，扭过脸一遍一遍地看它，别的一切感受都退得远远的，仿佛快活与否，就同这书包紧密地连在了一起。那天放学时，女孩就走在我的前面，我跟着走，听见大伙都在议论她的书包漂亮，原来人人都看出了它的好，被这种认同感影响着，一个念头从我心里升了起来：我一定要马上拥有一只这样的书包。

　　一连几天，只要一放学，我就去街上寻找，专跑文具店。终于，我在一家小文具店的橱窗里找到了这样的红书包。隔了层光闪闪的橱窗玻璃，我发现它更加吸引人了。我在它跟前站了许久，一会儿凑近点看，一会儿退远点看，过一会儿又捂上一只眼，单眼看。

　　"没有什么能同它比美。"真的，当时我就那么想，"它是我最想要的。"

　　我又奔又跑地赶到车站，等了三部公共汽车，才等到母亲从车上下来。她惊讶地看着我，我什么也不说，拉着她的手直奔那家文具店。一到那儿，我就指着红书包说："给我买吧，妈妈。"

"可你的书包还挺新的，而且也很漂亮。"

我不知怎的就想哭，站在一边死活不肯离开，像是打算在这儿站一辈子。母亲摸摸我发烫的额头，心就软了。没想到她摸出钱夹要付钱时，才发觉带的钱不够。可在这时，店要打烊了。

夜里，我老做梦，梦见店里的红书包让人用一把大剪刀剪坏了，急得我大嚷大叫起来。父亲把我唤醒，小声对我说，明天，他下了班就去把那个红书包买回来。

第二天的整个白天，我都非常快乐，心里涌动着紧张和激动。见了那个背红书包的女孩，我对她微笑了，心里充满模糊的好感：我马上就可以背上那只红书包，同她的一样。到了傍晚，我突然变得惴惴不安：万一那店里的书包都让别人买去了呢！于是，我三番五次往那里跑，弄得店里人都开始皱起眉头来打量我。

晚上，父亲推着自行车，一手高高举着红书包回来了。我抢过那只鲜红的书包，高兴得打转。等狂喜过之后，才看见母亲正在给父亲搽药。原来，为了快点赶到店里，父亲骑车时同一辆三轮车撞在

一起，膝盖上肿起老大一块。

我的心情突然沉重起来：我怎么会不顾一切地迷上这红书包的，竟没发现父亲的膝盖为了它受伤了呢？

父亲倒没责备我，他只是说："爱美是件好事，可生活中美的东西太多了，跟着去争，永远也是跟不过来的，能体会美才是最美的事情。"

第二天，我背着红书包兴高采烈地去学校，在校门口碰见那个女孩。谁知她又换了个紫色的新款书包，比原来的红书包漂亮不知多少倍。

从那天起，我把父亲的话深深留在了心底。我依然爱一切美丽的事物，可从此没有再像过去那样焦躁不安了，看开了很多，能懂得美的东西，知道美在何处也很快乐，世界上最美的东西莫过于存着一颗欣赏美的心。

那个红书包用旧后，我像宝贝一样珍藏了好多年。不为别的，就因为它已经成了我童年生活的一个启示录。

胡萝卜、鸡蛋和咖啡豆

我们要像咖啡豆一样，勇敢地改变逆境，这样才能创造美好的生活。

撰文/谢布内姆·蒂尔凯希

　　一个女儿对父亲抱怨她的生活，抱怨事事都那么艰难。她不知道该如何应付生活，想要自暴自弃。她已厌倦抗争和奋斗，好像一个旧的问题刚解决，新的问题就又出现了。

　　她的父亲是位厨师，他把她带进厨房。他先往三只锅里倒入一些水，然后把它们放在旺火上烧。不久，锅里的水烧开了，他向第一只锅里放些胡萝卜，在第二只锅里放只鸡蛋，在第三只锅里放入碾成粉末状的咖啡豆。

　　女儿咂咂嘴，不耐烦地等待着，不知道父亲在做什么。

　　大约二十分钟后，父亲把火关了。他把胡萝卜和鸡蛋捞出来，分别放在盘子里，然后又把咖啡舀到一个杯子里。

做完这些后，他才转过身问女儿："亲爱的，你看见什么了？"

"胡萝卜、鸡蛋、咖啡。"她回答。

父亲让女儿靠近些，并让她用手摸摸胡萝卜。她摸了摸，注意到它们变软了。父亲又让女儿拿起鸡蛋并打破它。将壳剥掉后，她看到的是只煮熟的鸡蛋。最后，他让她喝了咖啡。

品尝到香浓的咖啡，女儿笑了，她好奇地问道："父亲，这意味着什么？"

父亲解释说，这三样东西面临同样的逆境——煮沸的开水，但其反应却各不相同。胡萝卜入锅之前是强壮的，结实的，毫不示弱，但进入开水之后，它变软了，变弱了。鸡蛋原来是易碎的，它薄薄的外壳保护着液体状的内脏。但是经开水一煮，它的内脏变硬了。而粉状咖啡豆则很独特，进入沸水之后，它们反倒改变了水。

"哪个是你呢？"他问女儿，"当逆境找上门来时，你该如何反应？你是胡萝卜、鸡蛋，还是咖啡豆？"

黄纱巾

真诚、善良和一颗美丽的心灵，是上帝赐予我们最好的礼物。

撰文/薛涛

女孩放学要经过一个小小的服装市场。 她看见并喜欢上了一条黄纱巾。 女孩停住不走了，呆呆地看。卖货的是一个中年人。"买下吧，孩子。就剩这一条了，只卖10元钱。"女孩无奈地摇摇头。钱，女孩没有。"可以向家里要嘛，我给你留着。看得出你很喜欢它。"女孩恋恋不舍地离开了。

整个晚上，女孩都下定决心向家里要钱。最终，女孩也没提要买黄纱巾的事，并发誓永远不提这件事。家里不富裕，女孩知道。

女孩再走过小市场时，老远就看见黄纱巾还在那儿飘舞着，像一只黄蝴蝶。女孩远远看了一会儿，才慢慢走近。"带钱来了吧？"女孩摇摇头。中年人抚摸着这条黄纱巾又看看女孩，并想象了一下。觉得女孩与黄纱巾搭配在一起是很绝妙的组合，就很替女孩惋惜。

"你喜欢它，没错吧？""嗯。"女孩认真地点点头。

女孩准备离开了。注定买不下它。不如早点儿走开好。女孩刚走开，中年人已摘下黄纱巾，并追上女孩。

"孩子，送给你吧，收下。你围上它肯定好看。"

女孩一愣："不，我不能白收人家的东西。"女孩毫不犹豫地说。

"收下，是我愿意送的。我自愿的。"

"不能！那样我会很难受，比得不到它还难受。"

女孩跑开了。女孩又回头说，反正站在楼上也能看见它。能看见它，就很好了。

中年人立在那儿。从此，女孩不再从那里经过。注定买不下，绕开它不是更好吗？女孩写作业累了就往楼下看看，看看那条在微风中舞动的黄纱巾。

许多天过去了，那条黄纱巾仍旧挂在那里。女孩从来没去想，它为什么一直挂在那儿没人买。那条黄纱，装饰了女孩的梦。

其实很简单，中年人挂了个标签在旁边。标签上写着：永不出售。

会说话的小树

怀着一颗友爱和关怀的心，做一名和平的使者，让和平的阳光照遍全世界。

撰文/佚名

旺加里·马塔伊是一个普通的非洲黑人领袖，然而她又极不普通，她领导了"绿带运动"，这一运动在非洲栽下了3000万棵树。她是第一个获得诺贝尔和平奖的非洲黑人女性。

马塔伊童年的时候就热爱和平，曾以柔弱的身躯去劝阻小朋友打架，即使自己受到伤害也在所不惜。她也同样爱惜树木。

有一次，马塔伊看到别的小朋友把绳子系在小树上玩耍，就走到小树前，作出侧耳聆听的样子，边听边说："哦，是，是，我会告诉她们的……"几个伙伴觉得很奇怪，就问她在干什么。马塔伊神秘地说，她在和小树说话，大家觉得更奇怪了："小树怎么会说话呢？"

马塔伊说："小树当然会说话啊，它在喊：疼死了，疼死了！可是不认真聆听的小孩子是听不到的。"然后，她就给他们讲树木对人们生活的重要性，大家又应当怎样去爱护小树。

几个小孩子听后，知道自己错了，都觉得非常不好意思。他们不但取下了绳子，将小树旁边的杂草拔掉、给小树松土，还将周围的其他小树也整理了一番。从此以后，他们也和马塔伊一样成了热爱和平，关注周围环境的人。

非洲的每一片绿色都不会忘记，在这片土地上，有一位优秀的女儿一直在为保护绿色而奋斗，她的名字就叫做旺加里·马塔伊。

记住自己的身份

明白什么时候该做什么，不该做什么是你走向成功的必要条件。

撰文/佚名

　　爱丽娜刚从大学毕业，在一个离家较远的公司上班。每天清晨7点，公司的班车会准时等候在一个地方接送她和她的同事们。

　　一个寒冷的清晨，爱丽娜关闭了闹钟尖锐的铃声后，又稍微留恋了一会儿温暖的被窝。那一个清晨，她比平时迟了5分钟起床。可就是这区区5分钟却让她付出了沉重的代价。

　　那天，当爱丽娜匆忙中奔到班车等候的地点时，时间已是7点零5分。班车开走了。站在空荡荡的马路边，她茫然若失。

　　她正懊悔沮丧的时候，突然看到了公司的那辆蓝色轿车停在不远处的一幢大楼前。那是上司的车，她想：真是天无绝人之路。爱丽娜向那辆车跑去，在稍稍犹豫一下后，她打开车门，悄悄地坐了进去。

这时，上司拿着公文包飞快地走来。待他坐定后，才发现车里多了一个人。爱丽娜解释说："班车开走了，我想搭您的车子。"

上司愣了一下，但很快明白了。他坚决地说："不行，你没有资格坐这辆车。请你下去。"

爱丽娜一下子愣住了——这不仅是因为从小到大还没有谁对她这样严厉过，还因为在这之前，她没有想过坐这辆车是需要一定身份的。那一刻，她想起了迟到在公司的制度里将对她意味着什么，而她非常看中这份工作。于是，她用近乎乞求的语气对上司说："不然，我会迟到的。所以，我需要您的帮助。"

"迟到是你自己的事。"上司没有一丝一毫的回旋余地。

委屈的泪水在爱丽娜的眼眶里打转。在绝望之余，她为上司的不近人情而固执地陷入了沉默的对抗。

他们在车上僵持了一会儿。最后，让她没有想到的是，她的上司打开车门走了出去。他在凛冽的寒风中拦下了一辆出租车，飞驰而去。泪水终于顺着爱丽娜的脸流淌下来。

他给了她一帆风顺的人生以当头棒喝的警醒。

捡起地上的鸡毛

闲话就像羽毛，会随风飘散，所以不要说三道四。

撰文/佚名

　　圣菲利普是16世纪时深受人们爱戴的罗马牧师，富人和穷人都追随他，贵族和平民也都喜欢他，这一切都是因为他的善解人意。

　　有一次，一个年轻的女孩向圣菲利普倾诉自己的苦恼。听了一会儿后，圣菲利普就知道了女孩的缺点，其实她心地并不坏，就是喜欢说三道四，讲些无聊的闲话。

　　圣菲利普说："你不应该议论他人的缺点，我知道你也为此感到苦恼。现在，我命令你为此赎罪。请你到市场上买一只母鸡，走出城镇后，沿路拔下鸡毛并四处散布。你要一刻不停地拔，直到拔完为止。等你做完这件事以后就回到这里来找我吧。"

　　女孩觉得这种赎罪方式非常奇怪，但为了消除自己的烦恼，她没有任何异议。于是，她买了一只母鸡，走出城镇，并遵照吩咐拔下了鸡毛。做完这些事之后，她回去找圣菲利普，告诉他自己已经按照他所说的做了。

　　圣菲利普说："你已完成了赎罪的第一部分，现在要进行第二部分。你必须回到你来的路上，捡起所有的鸡毛。"

　　女孩听了大吃一惊，她说："这怎么可能呢？风已经把它们吹得到处都是了。也许我可以捡回一些，但是我不可能捡回所有的鸡毛。"

　　"没错，我的孩子。"圣菲利普严肃地说，"那些你脱口而出的蠢话不也是如此吗？你常常从口中吐出一些愚蠢的谣言，然后它们不也是沿途散落，口耳相传到各处了吗？你有可能跟在它们后面，在你想收回的时候就收回吗？"

　　女孩喃喃地说："不能，神父。"

　　"那么，当你想说别人的闲话时，请闭上你的嘴，不要让这些邪恶的羽毛散落在路旁吧。"

将爱放飞

真正的爱心不是将其紧紧抓在手里，将爱放飞，才能令爱长久。

撰文/佚名

从前，有个寂寞的女孩非常渴望爱。

一天，女孩走在丛林中，发现了两只快要饿死的小鸟。她把它们带回家，放入一个小笼子里。经她悉心照料，鸟儿一天天强壮起来。每天早晨，鸟儿都用美妙的歌声向她表示问候。女孩不由得爱上了这两只小鸟。

这天，女孩敞开了鸟笼的小门。那只较大较壮的鸟儿飞出了鸟笼。女孩非常害怕鸟儿会飞走，她紧张地盯着鸟儿，当鸟儿飞近时，她伸出双手，死命将它抓住。她十分高兴，终于又把它捉回来了。可是，突然间，女孩感觉到鸟儿的四肢无力地瘫软下来。她张开手，惊恐地发现鸟儿已经死了。她盯着手中的死鸟，流下了悲伤的眼泪。是她不顾一切的爱害死了鸟儿。

这时，她注意到另一只鸟儿在笼中不停地扑扇着翅膀。她可以感觉到它对自由的无限向往，它是多么渴望冲向明净的蓝天啊！她又一次打开了鸟笼的小门，将剩下的那只孤零零的鸟儿举起，轻轻抛向空中。鸟儿欢快地在她的头顶盘旋了一圈，两圈，三圈。

看到鸟儿快乐的样子，女孩很高兴。她的内心不再计较自己的得失。她希望鸟儿幸福。

突然，鸟儿飞近了，轻轻落在她的肩上，唱起了她从未听过的最动人的歌。

失去爱的方法，莫过于将其牢牢地抓在手心；令爱长驻的方法，莫过于赋予它一双翅膀——将爱放飞！

将生的希望留给游客

只要心里装着他人，平凡的人一样能做出不平凡的事。

撰文/佚名

2005年8月28日，在陕西省洛川县境内的210国道上，一辆西安旅游集团的中巴车正在平稳地行驶着，车上是来自湖南的一个旅游团队，正赶往延安游览。刚刚吃过午饭的游客有些昏昏欲睡，谁也没想到，就在一个急转弯处，对面一辆大货车突然超车，以极快的速度冲了过来。

立刻，死亡的阴影笼罩在车厢里，哭喊声、求救声异常凄惨，所有人都失去了活的希望。就在车上一片恐慌的时候，从车的前方传来一个声音："大家要挺住。我们一定要活着回去。"喊出这个声音的是导游文花枝。这个声音让濒临绝望的乘客心中有了一丝希望。事实上，文花枝此时被卡在前排，已数次昏迷，但她每次清醒过来后，都要给游客打气。

　　营救人员赶来了，他们想将坐在前排的文花枝先抢救出来，她却平静地说："我是导游，后面都是我的游客，请你们先救游客。" 由于汽车被碰撞得十分严重，每救援一个游客都需要很长的时间。在等待救援的时候，文花枝仍忍着痛苦不断给游客鼓气。

　　就这样，一个多小时过去了，当营救人员终于把文花枝抱下车时，文花枝已经错过了宝贵的抢救时间，22岁的花季少女永远地失去了左腿。面对自己残缺的左腿，她依然是一脸阳光般的笑容。

　　　　　　　　文花枝的坚强和那灿烂的笑容，感动着我们
　　　　　　　　　　　　　每一个人。

杰西的困惑

并不是人人都能当公主，但每个人都有自己的优点，做最好的自己，你就是成功的。

撰文/佚名

　　杰西上三年级时，学校里排演话剧，她被推选扮演剧中的公主。接连几周，母亲都煞费苦心地跟她一道练习台词。可是，无论她在家里表演得多么自如，一站到舞台上，她头脑里的语句全都无影无踪了。

　　最后，老师只好叫杰西靠边站。她解释说，她为这出戏补写了一个道白者的角色，请她调换一下角色。虽然她的话亲切而婉转，但还是深深地刺痛了杰西——尤其是看到自己的角色被另一个女孩替代的时候。

　　那天回家吃午饭时，杰西没有把发生的事情告诉母亲。然而，母亲却觉察到了她的不安，没有再提议一起练台词的事，而是问她是否想到院子里走走。

那是一个明媚的春日，棚架上的蔷薇藤正泛出亮丽的新绿。杰西无意中瞥见母亲在一棵蒲公英前弯下腰。

"我想我得把这些杂草统统拔掉。"说着，母亲用力将它连根拔起，"从现在起，咱们这庭院里就只有蔷薇了。"

"可我喜欢蒲公英，"杰西抗议道，"所有的花儿都是美丽的，哪怕是蒲公英！"

母亲表情严肃地打量着她。"对呀，每一朵花儿都以自己的风姿给人愉悦，不是吗？"母亲若有所思地说。杰西点点头，很高兴自己说服了母亲。

"对人来说也是如此。"母亲补充道，"不可能人人都当公主，但那并不值得羞愧。"

杰西想，母亲一定猜到了自己的痛苦，她一边告诉母亲发生的事，一边哭泣起来。

母亲听后释然一笑。

"但是，你将成为一个出色的道白者。你不是一直很喜欢朗读故事吗？"母亲说，"你知道吗？道白者的角色跟公主的角色一样重要。"

今天是妈妈的生日

母爱是无私的，用自己的方式去报答母爱吧。

撰文/佚名

今天是妈妈的生日——农历的生日。妈妈从来都没把自己的生日当一回事。但爸爸和我一直都记着，每年的今天我们都会提醒妈妈："今天是什么日子？正月二十啦！"这时，妈妈才从做不完的家务中回过神来，笑笑说："是啊，又老了一岁！"

妈妈庆祝生日的方式很简单，做几个好菜，和亲人们聚一聚，照我看来，妈妈根本就没有过生日。而我的生日总是让妈妈忙碌一天。妈妈过生日的时候，我又做了些什么呢？

去年的今天，还在外地的我打了个长途电话回家，特意向妈妈说了声："生日快乐！"妈妈似乎很高兴，从电话那边传来她轻轻的笑声：

“你还记着啊……”

“你还记着啊”五个字便是妈妈的回答。做儿女的记住母亲的生日，这本是应该的，可是妈妈却十分感动。一句问候，在妈妈看来，或许就是最好的生日礼物了。

今天我本想打个电话回去，拿起话筒时心里却胆怯起来。跟妈妈说些什么呢？我现在的状况差强人意，无论实话谎话我都不忍心、不敢跟妈妈讲。想想妈妈从我这里得到的生日礼物居然是难以释怀的忧虑，我怎么敢说！

然而妈妈打电话过来给我了。妈妈没有提及自己的生日，却一再询问我的生活状况：问我吃得怎么样，有没有变瘦，问我工作是否顺心，有没有熬夜……这就是我的妈妈。无论我走得多远，也走不出妈妈的牵挂。我的眼里酸酸的，心里也酸酸的。

今天是妈妈的生日。我心里的话远不止一句“生日快乐”这么简单。我最想说的是——妈妈，您是我的动力，我会更坚强，更努力！

敬业的故事

谁肯认真地工作，谁就能做出成绩，就能超群出众。

撰文/佚名

这个真实的故事发生在日本，故事的主角是一名利用假期到东京帝国饭店打工的女大学生。这名女大学生在东京帝国饭店里分配到的工作是清洗厕所。当她第一次将手伸到马桶里刷洗时，差点当场呕吐。勉强撑过几日后，她觉得实在难以继续工作，就决定辞职。但老清洁工却自豪地对她说，经他清理过的马桶，干净得连里面的水都可以喝下去！这句话带给女大学生很大的启发，她了解到真正的敬业精神，就是不论什么性质的工作都有更高的质量可以追求；工作的意义和价值不在其高低贵贱如何，而在于从事这份工作的人，能否把重点放在工作本身，去挖掘其中的乐趣和价值。此后，每当再清洗马桶时，女大学生不再觉得辛苦，而是将其视为自我磨炼与提升的途径，每当清洗完马桶，她总是扪心自问：我可以从这里面舀一杯水喝下去吗？

假期结束，当经理验收考核成果时，女大学生在所有人面前，从自己清洗过的马桶里舀了一杯水喝下去！这个举动震惊了所有在场的人，饭店经理也认为她是不可多得的人才！毕业后，这名女大学生顺利地进入帝国饭店工作。凭着一股敬业精神，她在三十七岁以前就已成为东京帝国饭店最出色的员工和晋升最快的人。三十七岁以后，她步入政坛，得到小泉首相的赏识，成为日本内阁邮政大臣！

这名女大学生的名字叫野田圣子。当她四十四岁的时候，她被看作是极有潜力角逐首相职位的内阁大臣，每当她自我介绍时，她总是说："我是最敬业的厕所清洁工和最忠于职守的内阁大臣！"

就是这双鞋

世界上没有完美的人，只要有信心，我们的生活就会绚丽多彩。

撰文/佚名

学校后天将要举行舞会了。我想象着自己穿着那件新买的浅蓝色裙子，轻轻滑过舞池，裙裾飞扬，轻盈地转着圈……那该吸引多少异性的眼光啊！可我有一双非同寻常的大脚，要买双合适的鞋可不容易。

第二天，我起了一个大早。我已经盘算出我能想到的所有的鞋店，决意要将它们一一踏遍。可是我走了很多地方，仍然没能找到一双合脚的舞鞋。我再也不能忍受鞋店里那些人的异样眼光了。

当我在计划过的每家鞋店都碰壁之后，我想到了一个地方，那就是马萨诸塞大街上的邓笛斯道特鞋厂的直销店。

"欢迎！欢迎！"一进店，迎接我的是一只笼子里的鹦鹉。我有些胆怯，生怕自取其辱，临时改变主意，拔腿就想走。这时，一位上了年纪的店员从柜台后迎了出来。"我能帮你做点什么？"他问。"我想你们店不会有适合我的鞋子。"我嗫嚅道，下意识地看了看自己的脚。

老人给我搬来一张椅子。"你先坐下。"他微微屈了一下腰，好像我是一位公主，"我马上就回来。"

终于，他捧着一只盒子出来了。他坐在一张旧凳子上，熟练地脱下我的鞋子，然后从盒子里拿出一只大大的舞鞋，迅速地穿在我的脚上。

我站起身，脚几乎从舞鞋里脱落出来。老人错误地估计了我的尺码。这双鞋太大

了，大得离谱，以前从来没有发生过这样的事情。我突然
感到从未有过的兴奋。

那位老人——我现在感到他是一位老绅士——眼
睛闪着光。"哦，小姑娘，"他说，"这双鞋子显
然不适合你。我去换一双小点的。"

小点的！我心中暗暗重复这句话，像是哼
一首美妙的曲子。老绅士回来了，晃晃悠悠地抱
着一大摞盒子，我几乎都看不见他了。

我一双接一双地试穿。老绅士——我现在
又感到他是我的老朋友——坐在一张圆凳上，周围是一只只打
开盖的盒子。我对他讲了我的舞会，还有我的裙子。

"哦，这么说，我们还得把这些也试一试。"他说着，把那些已经
试穿的鞋子用力推到一边。然后小心翼翼地打开另一只盒子。哇！这是
我见到的最漂亮的鞋子了：一双品蓝缎面的高跟鞋！当他为我把这双鞋
套在脚上时，我感到我就是童话里那个最终嫁给王子的灰姑娘。刚好合
适！我站起来，真想就在这个鞋店里翩翩起舞。

"我替你包装好。"他很高兴地说，就像是他自己买到了称心的鞋
子。付过钱后，我纳闷儿起来，这样一个有经验的老店员，一开始怎么
会判断失误到如此地步？解释只有一个：他其实是一位善解人意的，真
正的绅士和朋友！

绝对的奉献

生命的意义在于付出，在于给予，而不在于接受或索取。

撰文/杰克·坎菲尔　马克·汉森

琳达·柏提希完全献出了她自己。琳达是个杰出的教师，在她28岁那年，她开始有严重的头痛现象。她的医生发现她有个巨大的脑瘤。他们告诉她，手术后存活的几率只有2%。所以，他们没有立刻帮她开刀，要先等6个月再说。

她知道她相当有艺术天赋。所以在这6个月中她狂热地画、狂热地写。她的画作也都被放在一流的艺术长廊中展售，除了某一幅以外。在6个月结束时，她动了手术。手术前一夜，她决定完全捐献自己。她签了"我愿意"的声明。不幸的是，琳达的手术夺走了她的生命。结果，她的眼睛被送到马里兰州贝瑟丝达的眼角膜银行给南加州的一个领受者。

一个28岁的年轻人从黑暗中见到了光明。这个年轻人深深地感恩，写信给眼角膜银行致谢。进一步地，他说他要感谢捐献者的父母。孩子愿意捐出眼睛，他们也一定是好人。有人把柏提希家的住址告诉他，他决定去看他们。他来时并没有预先通知，按了门铃，自我介绍以后，柏提希太太过来拥抱他。她说："年轻人，如果你没什么地方要去，我丈夫和我会很高兴与你共度周末。"

他留了下来，当他环视琳达的房间时，他看见她读了柏拉图，他曾用盲人点字法读过柏拉图；她读了黑格尔，他也用盲人点字法读过黑格尔。第二天早上，柏提希太太看着他说："你知道吗？我很确定我曾在哪儿见过你，但不知道是在哪里。"忽然间，她记起来了。她跑上楼，拿出琳达最后画的那幅画。画中人和接受琳达眼睛的男人十分相似。然后，她的母亲念了琳达在她临终的床上写的最后一首诗。诗中写道：两颗心在黑暗中行过／坠入爱中／永远无法获得彼此目光的眷顾。

快跑，帕蒂，快跑

困难从来都是欺软怕硬的家伙，遇上了，勇敢迎上去，就会迎来一路阳光。

撰文/佚名

帕蒂·威尔逊是一个癫痫病患者。一天，她笑着对爸爸说："我真想每天和你一起跑步，但我怕癫痫病会突然发作。"

她父亲说："如果你想跑，我知道怎样应付它，我们明天就开始。"

于是，跑步成了他们每天必做的事情。

几个星期后，帕蒂告诉父亲："我想打破世界女子长跑记录。高一时，我要从奥林奇跑到旧金山（距离400英里）。高二时，我要跑到俄勒冈州的波特兰（超过1500英里）。高三时，我要跑到圣路易斯（约2000英里）。高四时，我要跑到白宫去（超过3000英里）。"

尽管帕蒂身体有缺陷，但她仍然雄心勃勃，热情高涨。

　　高一那年，她穿着一件印有"我喜欢癫痫病"的衬衫完成了从奥林奇到旧金山的长跑。高二那年，她的同学制作了一块大大的标语，上面写着"快跑，帕蒂，快跑"，在帕蒂跑步时，同学们举着标语跟在她后面。在她进行第二次马拉松长跑时，途中帕蒂折断了脚上的一根骨头。医生警告她不能再跑了，以免造成永久性损伤。但是，帕蒂说服了医生，让医生用胶布代替石膏包扎了她的伤处，她完成了到波兰特的长跑，最后1英里还得到了俄勒冈州州长的陪同。

　　在经过连续4个月从西海岸到东海岸的长跑后，帕蒂终于到达了华盛顿。美国总统接见了她并和她握手。她对总统说："我想要告诉人们，癫痫病患者是可以过正常生活的。"

拉斐尔赢了

每个人在成长过程中都会遇到困难和挫折，只有不断战胜困难，才能走向成功。

撰文/流沙

一位电台主持人在自己的职业生涯中遭遇了18次辞退，她的主持风格曾被人贬得一文不值。

最早的时候，她想到美国大陆无线电台工作。但是，电台负责人认为她是女性，不能吸引听众，因此拒绝了她。

她来到了波多黎各，希望自己有个好运气。但是她不懂西班牙语，为了练好语言，她花了三年时间。但是，在波多黎各的日子里，她最重要的一次采访，只是一家通讯社委托她到多米尼加共和国去采访暴乱，这次采访连差旅费也是自己出的。

在以后的几年里，她不停地工作，不停地被人辞退，有些电台指责她根本不懂什么叫主持。

1981年，她来到了纽约的一家电台，但是很快被告知，她跟不上这个时代。为此她失业了一年多。

有一次，她向一位国家广播公司的职员推销她的访谈节目策划，得到他的首肯。但是，那个人后来离开了广播公司。她再向另外一位职员推销她的策划，这位职员对此不感兴趣。她找到第三位职员，要求他雇佣她。此人虽然同意了，但却不同意搞访谈节目，而是让她搞一下以政治为主题的节目。

她对政治一窍不通，但是她不想失去这份工作，于是她"恶补"政治知识……

1982年夏天，她主持的以政治为内容的节目开播了。这档节目让听众打进电话讨论国家的政治活动，包括总统大选，这在美国的电台史上是破先例的。

她几乎在一夜之间成名了，她的节目成为全美最受欢迎的政治节目。

她叫莎莉·拉斐尔。她现在的身份是美国一家自办电视台的节目主持人，曾经两度获全美主持人大奖。每天有800万观众收看她主持的节目。

在美国的传媒界，她就是一座金矿，她无论到哪家电视台、电台，都会给那家电视台、电台带去巨额的收益。

蓝蝴蝶

有一种美，像蛹化蝴蝶，是慢慢显现出来的，这就是心灵的美，也是最恒久的美。

撰文/姬小苣

他不喜欢蝴蝶，因为他不喜欢毛虫，蝴蝶是毛虫变的。

她喜欢蝴蝶。她是植物病虫害系毕业的，毕业论文写的就是她下苦功研究了多年的蝴蝶。

他们认识是在学校里。她是系里功课最棒，人缘最好，也是最丑的女生。大家都喊她蝴蝶。起初只是在后头这么称呼她，后来当面地喊，她也笑眯眯地答应。她真的喜欢蝴蝶，并不觉得是讽刺。

她给他看过她的大玻璃箱，毛虫结蛹化成蝴蝶后，就在里面飞舞、交配、产卵和死亡。

他看过那么赤裸裸的生命过程，不论是开始还是结束，都不觉得有什么好玩。

可是她是个有趣的人。

他越来越喜欢她的脸，丑得有趣的脸。只是喜欢。

她毕业后到博物馆去工作。她还保持学生时代的习惯，不讲究穿着也不打扮。因为她忙，礼拜六也常得加班，替来博物馆参观的小朋友们讲解博物课，忙得连蝴蝶都没空理会了，却也没听见她抱怨。

他服完了兵役，找到了工作，开始跟女孩子约会。有个礼拜六的下午，他在家看书，看着看着就睡着了。他梦见她来了，站在他的桌前，肩膀上别了个栩栩如生的蓝蝴蝶大别针，看起来神采奕奕，竟也有几分动人。她笑眯眯地望着他，只说了一句话："我该走了。"脸上的表情一如平常。转身时，蝴蝶自她肩上翩然飞起。

他后来才知道，她是来告别的。

她在那天下午去世。为了捕捉一只蝴蝶，不小心从断崖上掉下去。背她上来的山胞说，她的四周都是蝴蝶，人去了，赶也赶不散。

一年后，博物馆举行蝴蝶展。他为了纪念她，特地去看展览。二楼的玻璃橱中有一只耀眼的蓝色大蝴蝶。标本旁有张图片说明，简单地记叙她在断崖殉职的经过。还附了张照片。照片中的她是笑着的。

他第一次发现她的美。她大学时期是一种蛹的状态，他一直都没看出来。一只毛虫要变成蝴蝶多么地不容易。

练钢琴

勇敢地接受挑战，不断地超越自我，这样才能激发出你的无限潜能。

撰文/佚名

一位音乐系的学生走进练习室。钢琴上，摆着一份全新的乐谱。

"超高难度……"她翻动着乐谱，喃喃自语，感觉自己对弹奏钢琴的信心似乎跌到了谷底。已经三个月了！自从跟了这位新的指导教授之后，她不知道为什么教授要以这种方式整人。她勉强打起精神，开始用自己的十指奋战……琴音盖住了教室外面教授走来的脚步声。

指导教授是位有名的钢琴大师。授课第一天，他给自己的新学生一份乐谱。"试试看吧！"他说。乐谱的难度颇高，学生弹得生涩僵滞、错误百出。"回去好好练习！"教授在下课时如此叮嘱学生。

学生练了一个星期，第二周上课时正准备让教授验收，没想到教授又给她一份难度更高的乐谱，"试试看吧！"上星期的课教授也没提。学生再次挣扎于更高难度的技巧挑战。

第三周，更难的乐谱又出现了。就这样，学生每次在课堂上都被一份新的乐谱所困扰。不管她怎么努力，都追不上教学的进度。

当教授又走进练习室时，学生再也忍不住了，她疑惑地问教授："为什么这三个月来，您要不断地折磨我？"教授没开口，只是抽出最早的那份乐谱，交给学生。"弹奏吧！"他以坚定的目光望着学生。

不可思议的事情发生了，她居然可以将这首曲子弹奏得如此美妙，如此精湛！学生自己惊讶万分。教授又让学生试着演奏第二堂课的乐谱，学生依然有超高水准的表现……演奏结束后，学生怔怔地望着老师，说不出话来。

"如果我任由你表现最擅长的部分，可能你还在练习最早的那份乐谱，就不会有现在这样的表现……"钢琴大师缓缓地说。

另一扇梦想之门

命运之神关上一道门时，必定会为你打开一扇窗。

撰文/姜钦峰

她出生才三个月的时候，医生诊断她患有先天性白内障，就算做了手术，她的视力也达不到0.1，这等于宣告她一辈子都将是盲人。

长大后，她进入盲人学校学习钢琴调律，毕业后分配到一家钢琴厂工作。后来，她的胳膊受了一点伤。半年后，她的伤好了，工作也丢了。

她想，得找份工作养活自己才行。那时北京有二十多家琴行，她就一家一家上门去应聘。无一例外，当她介绍自己是盲人时，他们试都不试就把她打发走了。

连吃了几次闭门羹，她有些沮丧。那天走在大街上，她突然灵机一动，心想反正别人也看不出她是盲人，下次应聘时干脆冒充健全人。

拿定主意，她又来到一家规模较大的琴行，果然，经理没看出她有什么异常，就找出一台琴让她调，她调得很准。经理又找出一台破琴让她修，她很快又将琴修好了。经理大为折服，当即决定录用她。她暗自洋洋得意，没想到略施小计就马到成功。

哪知道，经理却准备让她上门帮顾客调琴。偌大的北京，自己怎么找啊，她犹豫了一阵，只好如实相告："其实我是盲人。"

经理一听，吓了一跳："盲人？真没看出来。我听说过盲人可以调律，但没想到你调得这样好。"经理的这番话让她心里燃起一线希望，于是她趁热打铁地说："盲人做钢琴调律在欧美已有一百多年的历史了，我学的就是欧美先进技术，一定会让用户满意，也能给琴行赢得好的信誉。您先给我一个月的时间去熟悉大街小巷，到时候再决定要不要我。"

经理被她的睿智和执著感动了，他说："只要你能胜任，我非常乐意把工作交给你。"

一个月后，她果然熟悉了全北京的大街小巷，顺利地得到了这份工作。她在克服了常人无法想象的困难之后，渐渐地在琴行站稳了脚跟。

她就是著名的第一代盲人钢琴调律师陈燕。如今，她是北京陈燕新乐钢琴调律有限公司经理。

六个馒头

诚挚而委婉的关怀，缔结出一段金子般的友谊，照亮了山区女孩灰暗的天空。

撰文/忆馨

高一那年，年级组织去千岛湖春游。

那时候，我们年轻的班主任新婚度假，于是更为年轻的实习老师成了我们班的带队老师。实习老师一宣布这个令人高兴的消息，教室马上为大家的喧闹声所炸响。同学们纷纷问一些关于春游要注意的主要事项和所交的费用等问题，接着实习老师又问了一句："大家还有什么问题吗？"很长的时间，没有人举手也没有人站起来，谁也没有注意到角落里来自山区的那个女孩子，她微举着手，手指却颤抖着没有张开来，颤巍巍的嘴唇一张一合却没有声音。很久很久，女孩子站了起来，用极低的声音问："老师，我可以带馒头吗？"一阵其实并没有恶意的笑声刺激着女孩子，她的脸通红通红的，低着头默默地坐下，眼泪无声地沿着脸颊流下来。漂亮的女实习老师走过去，抚摩着她的头说："你放心，可以带馒头的，没事的。"

出发的前一天，女孩子拿着饭票买了六个馒头，然后低着头好像做贼似地跑回宿舍。宿舍里几个女同学正在收拾春游要带的零食，一边唧唧喳喳地讨论着什么。女孩子直奔自己的床，迅速地用一个塑料袋把馒头装了进去。女同学的讨论声似乎小了下去，女孩子的眼眶红了。

出发那天下着雨，淅淅沥沥地洗刷着女孩子的心情，在她的背包里有六个馒头。女孩子没有带伞，只好和别的同学挤在一把伞下。为了不因自己而使同学淋湿，女孩子不住地把伞往同学那边移，等赶到目的地千岛湖时，女孩子的一半身子湿漉漉的，身上的背包也湿漉漉的。大家纷纷冲向饭馆吃饭去了，女孩子一个人待在招待所里，等大家都走完以后才从背包里取出馒头。可是由于塑料袋破了一个洞，湿透背包的雨水将馒头泡透了，女孩子就这样一边流泪一边嚼着被雨水浸泡过的馒头。

女孩子还没有吃完一个馒头，同学们就回来了。她没有料到

她们会回来得这么快，她来不及藏起湿透了的馒头，只好匆忙地往还没有干的背包里塞。班长妍突然说："哎呀，我还没有吃饱呢，能给我吃一个馒头吗？"女孩子不好意思，没有摇头也没有点头，妍已经打开她的背包，取出馒头啃起来。其他几个同学也纷纷走过来拿起馒头一边嚼一边说："其实还是学校食堂做的馒头好吃。"转眼，女孩带来的六个馒头都被同学们吃完了，女孩子看着空了的背包只有无声地落泪。

第二天，到了大家该吃早饭的时候，女孩子偷偷一个人走了出去。雨已经停了，女孩子的心却在落泪，如果不是自己央求父亲借钱交了车费，本来可以不来的，可是山水是那么秀美，女孩子怎能不心动？女孩子在招待所附近的一座矮山上一边后悔一边默默地落泪。是班长妍最先找到女孩子的，妍拉起她的手就走，说："我们吃了你带来的馒头，你这几天的饭当然要我们解决呀！"女孩子喝着热腾腾的粥，吃着软软的馒头，

眼圈红红的。

后来，总有人以吃了女孩子的馒头为理由请她吃饭，使她不再嚼那干涩难咽的馒头，使她可以和所有其他同学一样吃着炒菜和米饭。女孩子的脸上渐渐有了笑容，她默默接受了同学们不着痕迹的馈赠，默默地享受着这份单纯却丰厚的友谊。女孩子没有什么可用来感谢她的同学，只有用更努力的学习、更积极地去帮助别人和总是抢先打扫宿舍卫生来表示她的感谢。后来，这个女孩子不仅是班里学习最好的一个，也是人缘最好的一个。

因为女孩子知道，同学们给她的是财富所不能买到的善良和真诚。她们的友谊就像春天里最明媚的那一缕阳光，照射在她以后的人生道路上。

绿色缎带

许多人缺少的不是美，而是自信。

撰文/柯钧

同伴们都有了自己的恋人，但是，没有人喜欢害羞的姑娘玛莉。玛莉在商场里走着，耷拉着头。从她的样子来看，她的心情很沉重。一块标着"吸引异性物"的招牌挡住了她，招牌后放着一些缎带，周围摆着各式各样的蝴蝶结。

玛莉在那儿站了一会儿，尽管她有勇气戴，但还是为她母亲是否允许她戴上那个又大又显眼的蝴蝶结而犹豫不决。是的，这些缎带正是伙伴们经常戴的那种。女售货员热情地说："亲爱的，这个对你来说再合适不过了。你有这么一头可爱的金发，又有一双漂亮的眼睛，孩子，我看你戴什么都好！"也许正是售货员的这几句话，玛莉把那条缎带做成蝴蝶结，戴在头上。

　　女售货员用评价的眼光看了看那条缎带的位置，赞同地点点头，"很好，哎呀，你看上去无比美丽。亲爱的，你要记住一件事，如果你戴上任何特殊的东西，就应该像没有人比你更有权戴它一样。"

　　"这个我买了。"玛莉说。她为自己做出决定时的音调感到惊奇。

　　"如果你想要其他在舞会、正规场合穿着的……"售货员继续说着。玛莉摇摇头，付款后向店门口冲去。她的速度是那么快，以致与一位拿着许多包裹的妇女撞了个满怀，那位妇女几乎把她撞倒了。

　　过了一会儿，她吓得打了个寒战，因为她感到有人在后边追她，不会是因为那条缎带吧？她向四周看看，听到那个人在喊她，她吓得飞快地跑走了，一直跑到一条街区才停下来。

　　出人意料，玛莉的眼前正是卡森咖啡馆，她意识到她开始就一直想到这里来的。这里是镇上每个姑娘都知道的地方，因为杰克——大家都喜欢的一个好小伙儿每个星期六下午都在这儿。

　　他果然在这儿，正坐在卖饮料的柜台旁，倒了一杯咖啡，并不喝掉。

　　玛莉在另一端坐下来，要了一杯咖啡。很快她感觉到，杰克转过身来望着她。玛莉笔挺地坐着，昂着头，心里想着头上的那条绿色缎带。

"嗨,玛莉!"

"哟,是杰克呀!"玛莉装出惊讶的样子说,"你在这儿多久了?"

"整个一生。"他说,"等待的正是你。"

"奉承!"玛莉说。她因头上的绿色缎带而感到骄傲。

不一会儿,杰克在她身边坐下来,看起来似乎刚刚注意到她的头饰,问道:"你的发型改了还是怎么的?"

"你通常都是这样注意我吗?"

"不,我想的是你昂着头的样子——似乎你认为我应该注意到什么似的。"

玛莉感到脸红起来:"这是有意挖苦吧?"

"也许。"他笑着说,"但是,也许我有点喜欢看到你那昂着头的样子。"

大约过了十分钟,真令人难以相信,杰克邀请她改日去跳舞。当他们离开咖啡馆时,杰克主动要陪她回家。

回到家里,玛莉想在镜子前欣赏一下自己戴着绿色缎带的样子。但令她惊奇的是,她的头上什么都没有——后来她才知道,当时在撞到那位妇女时,绿色缎带就被撞掉了……

马背上的风度

勇敢地面对挑战，即使失败了，也要完美地谢幕，这才是公主的风度。

撰文/佚名

哈雅公主是1999年去世的约旦国王侯赛因的女儿。与许多阿拉伯贵族一样，哈雅很早就被送到英国接受西方教育，学习多方面的才艺。她不仅兴趣广泛，而且天资聪颖，各门功课都很优秀。

作为父亲的掌上明珠，哈雅公主不仅继承了侯赛因国王的智慧，而且继承了国王敢于冒险的精神。这位阿拉伯国家公主的生活跟马密不可分。在她6岁的时候，她的父亲就送给她一匹小马。闲来无事的时候，哈雅喜欢信马由缰，深入神秘莫测的大沙漠，在星光下露营。哈雅说："我喜欢马，这些高贵的动物是我生命中难以割舍的一部分。我希望走到哪里都能和它们在一起。"她的梦想是参加奥运会的马术比赛。

　　2000年，哈雅公主终
于如愿以偿，获得了代表约旦队参加悉尼
奥运会马术比赛的资格。当她骑着父亲赠送的骏马"露西卡二世"出现
在奥运赛场上的时候，获得了全场观众热烈的掌声。

　　她毫无畏惧地和男骑手同场竞技，过关斩将，终于站在了障碍赛决赛
资格比赛的赛场上。比赛开始了，哈雅公主跃马飞驰，英姿飒爽。正当公
主踌躇满志时，不知为什么，她的坐骑两次拒绝跳越障碍，公主被摔下了
马。但公主并没有因此放弃比赛，而是挺胸抬头，又平静地骑在马上，等
待裁判的铃声。铃声响了，这意味着公主在奥运会上夺冠的梦想破灭了。
但就是在失败的情况下，公主也没有失去王室成员特有的风度。她再次鞠
躬，朝记者们招手，然后面带笑容地骑马离去。

　　尽管哈雅没能在奥运会上实现自己的冠军梦，但是她的高贵气质和
体育精神给人们留下了深刻的印象。

每个女孩都是天使

只要懂得用宽容和爱心对待一切，每个女孩都可以成为天使。

撰文/庞婕蕾

　　安琪是我们初二（3）班最受男生欢迎却不受女生欢迎的女孩。她长得不错，再加上穿着入时，站在人群里很突出，像一只高傲的天鹅，而我们剩下的女生就是作为陪衬的丑小鸭了。我们班男生的数学学得特别好，参加全国数学竞赛都能拿好几个奖回来，女生呢，通常只有安琪能在初赛中胜出，参加最后的决赛。所以男生对安琪是很尊重的，说她既有美貌又有智慧，是真正的天使。

　　安琪在男生中的人气指数很高，但却不受我们女生欢迎，因为她夺走了所有男生的目光，她那么鲜活亮丽，让我们黯然失色。到了初三，安琪更加突出了，既拿物理竞赛的奖又拿作文竞赛的奖，简直就是一个

全能的才女，连很多骄傲的男生都不得不俯首称臣。

初三下学期，重点中学给了我们一个保送名额，学校经过商议把这个名额给了安琪，但是一定要通过民主选举才能最后定下来。

领导先是找了安琪谈话，接下来又到了我们教室，想听取大家的意见。当然安琪是回避的。

"安琪只和男生要好，平时根本就不理我们女生。"赵梅尖细的声音打破了安静。领导问我们是这样吗？我们都点了点头。安琪的确没有女生朋友，可那是我们不愿意接近她，并不是她不理睬我们。

后来那个保送名额给了另一个女生。这个消息公布后，大家议论纷纷。得知消息的安琪在走进教室的一刹那晕倒了。

过了几天，班主任告诉我们，安琪的身体出了点问题，要在医院待一些时候。那个明媚的下午，我们全班浩浩荡荡去医院看安琪。安琪的妈妈热情地接待了我们。

情况比我们想象得要严重。安琪妈妈说安琪生下来就有心脏病，半边心脏近乎瘫痪，随时都可能离开人世。

对安琪来说，每一天都是她生命的倒计时，所以她格外珍惜。她去学唱歌，学绘画，想抓紧时间好好地体验生命。她尽量做一个好学生好女儿，不让大家为她操心。

面色苍白的安琪躺在病床上，穿着简单的病号服，微笑着看着我们。她的笑是那么温和恬静，好像从来都不知道什么是憎恨。

男生们纷纷送上礼物，我们女生都躲在后面，不敢看她明亮的眼睛。"你们过来吧，怎么啦，我有那么可怕吗？"安琪招招手，示意我们走到她的床边。

那个下午，安琪说了很多很多，说她的童年，说她的求学历程，说她对未来的期待。那么坦诚的交谈还是第一次。我们终于承认安琪确实是天使，不仅是男生的天使，也是女生的天使。

赵梅哭得很厉害，眼泪像决堤的河水。安琪用手帕给她擦干了泪水："你没有做错什么，真的，不要放在心上。""其实每个女孩都是天使。"这是安琪说的话，让我们牢记一辈子。

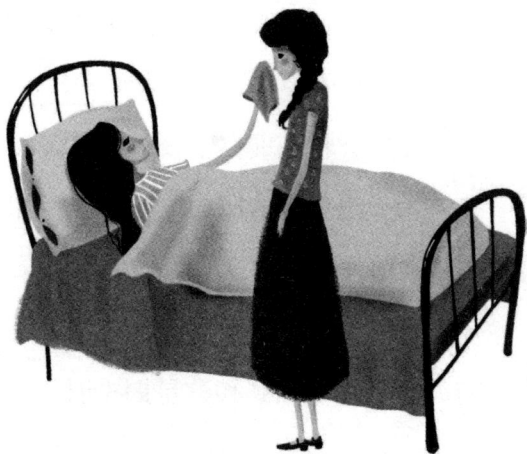

美术系的女生

所谓强者，是既有理想，又能为自己创造机会的人。

撰文/佚名

有一位美术系刚毕业的女生，对于设计服装的布料和花样非常感兴趣，她决定涉足这一行。只是，刚开始进入这个行业非常困难，因为无论是使用布料的服装设计师，还是制造服装的工厂，对一个完全陌生甚至还只是初出茅庐的布料设计者，根本就没有兴趣。

女生拿着一堆自己设计的作品，来到一家服装设计公司，但没人理她。她又跑到制造服装的工厂，结果也一样。虽然四处碰壁，但是她一直不断地尝试，相信自己一定能打开僵局。

有一天，这位女生来到一位知名歌星的签名会上，挤在一堆歌迷里面。好不容易轮到和歌星握手时，女生从背包里拿出一些布样和自己的设计图对歌星说："我非常喜欢您，很想为您设计漂亮的服饰。请您在这几块布上为我签名吧。"

歌星看了这些布料和设计图说："哇！好漂亮！请你和我的服装设计师联系，我想用这些布料做衣服。这是她的电话。"

第二天一大早，女生来到先前被拒绝过的服装设计公司。她拿出有歌星签名的布料，并说明了来意。立刻，好几位著名设计师带着满脸的笑容走出来见她。女生就这样走进了这个行业，而且愈来愈受客户的欢迎。

迷人的诱惑

诱惑无处不在，但只要你有颗抵抗诱惑的心，就不会迷失方向。

撰文/威廉·H·麦加菲

农场主汤普森的客店里经常会有很多人来寄宿。苏珊的妈妈每周都给他们洗衣物，以此换来5美元的报酬。一个星期六的晚上，苏珊照例去客店替妈妈领钱。在马厩里，她找到了农场主。

此时，农场主刚和那些同他讨价还价的马贩子吵过一架，正在气头上。当苏珊向他要工钱时，他没有像从前那样训斥她打扰了自己，而是很不耐烦地掏出一张钞票递给了她。苏珊暗自庆幸这次没有遭到斥责，慌忙走出马厩。到了路上，她停下来，准备拿针把钱别在围巾的褶皱里。这时，她看到汤普森给了她两张钞票，而不是一张！她的第一反应是为得到了这笔意外之财而兴奋不已。

"这全是我的了。"她心想，"我要买一件新斗篷送给妈妈，这样，妈妈就能把她那件旧的给玛丽姐姐了。剩下的钱说不定还可以给弟弟汤姆买双新鞋呢！"

可是，走着走着，她又觉得这笔钱肯定是汤普森在给她时拿错了，不是自己的东西，她没有权力使用。她一边往家走，一边进行着激烈的思想斗争。她左右为难：到底是拿这笔钱享受重要呢，还是诚实重要？

当她走到离家不远处的那座小桥上时，她想起了妈妈的话："你想要人家怎样对你，你就得怎样对人。"

苏珊一下子清醒了，她猛地转过身，向回跑去。她跑得很快，快得差点连气都喘不过来了，仿佛是在躲避瘟疫一样。她像一阵风似的，径直跑回了农场主汤普森的店门口。

苏珊将多出的5美元如数交给汤普森。汤普森凝视着眼前这个小女孩，从口袋里取出100美元递给了她。

"不，谢谢你，先生。"苏珊说，"我不能仅仅因为做了件正确的事就得到报酬。"

母亲的牙托

爱使人改变，改变又使人更懂得爱的意义。

撰文/晓肖

父母是在我读初中时离异的，父母离异后，我随了母亲。其实在一定程度上，父母走这一步就在于母亲一天到晚地唠叨。后来我才知道，母亲得了一种属于更年期引起的多语症。

离婚后的母亲依旧整天唠叨个不停，特别是我上学前和放学后，因为有了我这个倾诉对象，母亲唠叨起来更是没完没了。我不止一次地请求母亲住嘴，但无济于事。后来母亲意识到这是病症后，也曾经到医院就诊，但因无特效药，母亲的唠叨还是时好时坏。那年中考，一向成绩优异的我没考上重点高中！这一结局让母亲大吃一惊。

高一开学后的一个星期天，母亲突然由唠叨变得一言不发，我和她

讲话时，她总是背对着我，不理我。看到母亲一反常态，我吓坏了，以为她受了刺激精神失常，便多了个心眼留心观察。我看到母亲嘴里经常鼓鼓的，像是含了什么东西，便拉着母亲问。母亲被逼无奈，只得张开了嘴，原来母亲在嘴里含了一副拳击运动员专门用来护齿的牙托！母亲说，为了改掉唠叨的毛病，她尝试了许多种方法，最后选用牙托塞嘴这个办法。"我就是做哑巴也要改掉这个坏毛病！"母亲充满信心地说。

母亲的行为深深打动了我，每当我学习倦怠时，每当遇到学习中的拦路虎时，我就会想起母亲的牙托！于是，勇气倍增。在这种亲情动力的驱动下，三年后的我创造了从普通高中考上清华大学的奇迹。

或许就在我发现母亲不说话的秘密的那一天，我才真正了解了母亲。因更年期引起的多语症确实没有什么特效药可治，然而在伟大的无私奉献的母爱面前，它却显得多么地不堪一击。一副小小的牙托竟能发出如此神奇的力量！多年后的我仍不禁为母亲的煞费苦心和顽强毅力所折服。

母亲与我

什么样的光芒能比母爱更为辉煌？从现在起开始尽孝心，报答母亲的深恩。

撰文/佚名

小时候，我的脾气偏得惊人，母亲从来都拿我没办法。我生性敏感而又脆弱，有时会莫名其妙地生气，这时母亲就成了我的出气筒。我并没有意识到，自己的赌气和冷漠会让母亲多么难过。

直到有一天，当我再次狠狠给了母亲一个"下马威"，然后在一种伤害母亲所得到的"快感"中走掉的时候，我突然感觉到了一种钻心的痛。那是一天中午，我从学校赶回家中，吃了饭马上就要走。母亲让我看着火炉，上面炖着满满一锅菜。我一不小心把菜打翻了，忙乱中的母亲气急了，就说了我两句。我恶狠狠地说："不吃了。"然后就拎起书包走开了。母亲在后面心疼地喊："吃了饭再走，别饿着！"听到这句话，我顿时有一种愉快的感觉，因为母亲正在为她刚才的举动付出代价，她对我发了脾气，我就要让她深深地内疚。

但是，这种快感并没有维持多久，我走着走着，内心突然涌起一种难言的痛楚……我对母亲做了什么！母亲一个人操持家务，独自一个人撑起这个家，她的苦，她的痛，我这个做女儿的何曾体贴过，抚慰过？那一刻，我仿佛在瞬间读懂了母亲的爱，深深的内疚啃噬着我的心。如果不是为了赶去上课，我想我一定会立即转身，去安慰母亲受伤的心……

从那以后，我在母亲面前似乎变了一个人。我抢着替母亲做家务，母亲不高兴时，我就陪在她身边。母亲感觉到我长大了，常常说："你小的时候，我以为你是上天'赐'给我的天魔星，是来折磨我的。现在看来，你是最疼我的小女儿。"这时候，我的心里总是特别高兴。

你只是顾客

不必仰慕他人头上的光环，每个人都有自己的舞台和存在的价值。

撰文/佚名

电影明星洛伊德车开到检修站，一个女工接待了他。她熟练灵巧的双手和俊美的容貌一下子吸引了他。

整个巴黎的人全都被他迷住了，但这位姑娘对他的到来一点也没有表示出惊异和兴奋。

"您喜欢看电影吗？"他忍不住问道。

"当然喜欢，我是个影迷。"女工回答。

她手脚麻利，很快就修好了车："您可以把车开走了，先生。"

他却依依不舍："小姐，您可以陪我去兜兜风吗？"

"不！我还有工作。"

"这同样也是您的工作——您修的车，最好亲自检查一下。"

"好吧，是您开还是我开？"

"当然是我开，是我邀请您的嘛。"

车行驶得很好。姑娘说："看来没什么问题，请让我下车好吗？"

"怎么，您不想陪我了？我再问您一遍，您喜欢看电影吗？"

"我回答过了，喜欢，而且是个影迷。"

"您不认识我？"

"怎么不认识，您一来我就认出您是影帝阿历克斯·洛伊德。"

"既然如此，您为何这样冷淡呢？"

"不！您错了，我没有冷淡。只是没有像别的女孩子那样狂热。您有您的成就，我有我的工作。您来修车，是我的顾客，如果您不再是明星了，再来修车时，我也会像今天一样接待您。人与人之间不应该是这样的吗？"

他沉默了。在这个普通女工面前他感到了自己的浅薄和虚妄。

"小姐，谢谢！您使我想到应该认真反省一下自己的价值。好，现在让我送您回去。"

逆来顺受的教训

凡事要努力争取，这远远胜过主动放弃。

撰文/佚名

卡列宁先生正在为孩子的家庭教师尤丽娅·瓦西里耶夫娜结算工钱。

卡列宁说："我们和您讲妥，每月30卢布……"

"是40卢布……"家庭教师小声嗫嚅着。

"不，是30，我这里有记载。您待了两个月……也就是说，应该付您60卢布……扣除 9 个星期日，还有 3 个节日……有一次柯里雅生病了，整整 4 天没有学习……那次您牙痛 3 天，我内人准许您午饭后歇假……新年的时候，您打碎了一个带底碟的配套茶杯，而后由于您的疏忽，柯里雅爬树撕破了礼服……也应该扣除10卢布……1月9日您从我这里支取了9卢布……"

　　"我没支过！"尤丽雅·瓦西里耶夫娜嗫嚅着。

　　"可我这里有记载！"

　　"呃……那就算这样，也行。"

　　"呐，这是您的钱，14卢布，最可爱的姑娘，请收下吧！"

　　尤丽雅·瓦西里耶夫娜接过钱，喃喃地说："谢谢。"

　　"为什么要说'谢谢'？"卡列宁问。

　　"您给了我钱……"

　　"可是我洗劫了你，实际上是我偷了你的钱！"

　　"在别处，根本一文不给。"

　　"不给？难怪啦！我是和您开玩笑的……对于我的做法您应该提出抗议，是自己的就一定要努力争取！"

　　卡列宁请她宽恕自己的玩笑，并把80卢布递给了她。

诺贝尔奖并非是梦

看准了就要走到底，心怀自信和坚持，有一天你也会成为耀眼的明星。

撰文/佚名

1921年7月19日，罗莎琳·苏斯曼·雅洛出生在纽约一个中下层犹太人家庭。她自幼就很倔，并一路倔到了诺贝尔领奖台。

10岁那年，小罗莎琳到了一所女子中学读书，因学校离家较远，她每天都要坐车。刚开始时，母亲生怕她下错车站，就偷偷地跟着她。罗莎琳发现后，大为恼火："我不是个小孩子！"她把尴尬的母亲"扔"在车上，自己改乘另一趟车去了学校。从此，母亲答应她再也不护送她去学校了。

高中毕业后，父母建议罗莎琳去当小学老师。"不！我要读书！我要上大学！"她坚持着。父母拗不过她，妥协了，于是她成了亨特学院的一名学员。她凭着自己倔强的个性争取到了继续学习的机会。

罗莎琳非常喜欢伟大的科学家居里夫人。不久，伊伦·约里奥·居里写的一本关于她母亲的传记——《居里夫人》出版了，17岁的罗莎琳怀着十分崇敬的心情一口气读完了这本书。她不但被居里夫人在科学上的杰出贡献所感染，更钦佩和崇敬的是居里夫人伟大无私又谦虚质朴的高尚品格，以及她在科学探索中表现出的坚毅刻苦、锲而不舍的顽强精神。她对自己说："居里夫人是我的榜样！"从此，罗莎琳的理想更高了：她要当科学家，做"居里夫人第二"。

一旦认识到某一条道路是正确的，就要毫不妥协并极顽强地走下去。这是她与居里夫人相同的地方。随后，她付出了超乎常人的艰辛，凭着强烈的自信和坚持到底的毅力，她终于在1977年获得了诺贝尔生理学医学奖的桂冠。

炮火中的坚强与美丽

谁说女性就是柔弱的代名词？伊丽莎白公主在炮火中展示了女性的坚强和美丽。

撰文/佚名

1926年4月21日，伊丽莎白公主（英国女王伊丽莎白二世）出生于伦敦。伊丽莎白公主生性稳重、温和而又有主见，备受祖父乔治五世和父母的喜爱。

1942年，伊丽莎白公主年满16岁，此时，第二次世界大战仍在继续。在法西斯的炮火中她离开了王宫，像普通人一样参加抗战，辅助地方勤务部队接受训练。她还和妹妹一起通过广播对全国发表讲话，号召全国人民团结一致，坚持抗战。

后来，德国飞机把伦敦炸成了一片废墟。人们再三劝她离开伦敦，到加拿大去避难。伊丽莎白公主断然拒绝："我离不开国王，而国王在任何情况下都不会离开伦敦！"随后，她身着漂亮的服装，披着雅致的蓝色狐皮披肩，来到冒着黑烟的废墟上，四处奔走，激励臣民鼓起勇气，抗战到底。她大声呼吁："亲爱的臣民们，为了我们的国家，我们一起来奋斗吧，胜利迟早是属于我们的。" 臣民都为她坚毅、镇静、优雅的气质所折服。

当疲惫不堪的伊丽莎白公主回到王宫时，已经很晚了。突然，一枚炸弹击中了王宫，炸毁了一部分宫殿。整个王宫顿时骚乱起来，人们都惊慌失措，伊丽莎白公主却置之一笑："现在我至少可以直接看到伦敦东区（伦敦遭受轰炸最严重的区）的臣民了。"

伊丽莎白公主在战争环境中磨炼了意志，变得坚强而沉稳，受到英国民众的爱戴。

贫民窟的圣女

世界上没有人不需要关爱，给予爱，你就会拥有爱并收获爱。

撰文/佚名

　　特蕾莎修女于1910年8月27日出生在塞尔维亚，她的家庭很富有，父母都是虔诚的天主教徒。18岁的时候，特蕾莎修女从她的家乡来到遥远的印度加尔各答圣玛利亚修道院。在那里，她看到有病的人无人照看，孤独的穷人躺在街头等死，成百上千失去父母的儿童四处游逛……她立刻意识到贫民窟才是她要去的地方。于是，她进入最破烂的贫民窟，开始了护理和救助穷人的工作。

　　有一天，在倾盆大雨中，特蕾莎修女为了帮助贫民窟的穷人们，亲自到街上乞讨食物，并给无钱买药的病人送药。在及膝的积水中，她看到一个贫穷的妇人抱着高烧不退的孩子，无助地立在雨中。原来，妇人因付不出房租，被屋主轰出来了。特蕾莎悲痛地说："只是因为缴不出8卢比的房租，一个孩子就要死在大雨之中。"她焦急地四处求告，敲遍医院、诊所的大门，竟没有一个人理会。最后，她好不容易求到一点药品，却发现孩子已经奄奄一息了。

之后，特蕾莎修女到警察局请求他们拨一处地方，使她可以接待那些无家可归者。就这样，特雷莎先后建立了"弃婴之家""儿童之家"以及"临终关怀院"。在这里，穷人、病人和孤独的人都能得到尊重和照顾。

1979年，特蕾莎修女被授予诺贝尔和平奖。她靠着无限的爱去服务穷人，成为最令人景仰的女性中的一个。

青春假想敌

成长并不是打败一个个假想敌，而是要不断地追求美好的事物。

撰文/苏西

15岁那年，姚小昆在初二（3）班，我的教室在她隔壁的隔壁。我戴着厚厚的眼镜，穿着松松垮垮的蓝白相间校服，走在人群里瞬间就消失不见。她除了长得不错外，学习也出众，还有一个有钱的老爸。我要打败她。

那天，不知道为什么那么巧，我一个人走在一条陌生的街上，忽然听见有人叫我，是姚小昆焦急的声音："同学，我们好像是一个学校的吧？我是初二（3）班的姚小昆……"原来她打车到这条街，付钱的时候却发现钱包被偷了。那时手机还不是那么普及，凶巴巴的司机死活不让她去找公用电话，怕她跑了。这时她刚好遇见了我，可是我身上刚好也只有一两块钱。于是，她对我说："要不你帮我去找个公用电话打给我爸吧，让他派司机送钱来。至于打电话的钱，明天到学校你来找我吧，我还你。"天，姚小昆，这种居高临下的态度像是在求人吗？我的火"刷刷"地往上蹿。

我顺利地找到了公用电话亭，可是并没有帮她打那个电话。我当时想，应该还有其他的办法吧？比如她可以让司机开车带她去找她爸爸……我只是，只是想要教训一下她这个大小姐。

可是回到家以后，我就开始有点后悔了。不知道她后来怎么样了？我一夜都没睡着。然而，我没想到的是，第二天她没来学校，第三天没有，第四天也没有……她彻底从这个学校消失了。

后来我才知道，那天天黑了她才回家，哭了整整一个晚上，然后红肿着眼睛对她爸爸说要转学。问她为什么，她只说失望，就是很失望。姚小昆因为我对这个世界的善良失望了么？

15岁的我偏执地把一切拥有优越感的人当成假想敌，我以为成长就是打败一个个假想敌的过程，可是后来才发现，青春的关键词从来都是追求，而不是打败。

请把名片还给我

任何时候，都不要忘记我们的尊严，它是不容任何人随意践踏的。

撰文/天使鱼儿

那是一个夏天，太阳火辣辣地晒着，我在××电子公司门口一边吃冰激凌，一边踢着小石子，犹豫着应不应该进去。犹豫了好久，我还是进去了。那是一个周末，二楼的写字间有些冷清，整座楼层只有外方经理在。门是开着的。我刚想敲门，他抬头看见了我，问道："您找谁？"

"是这样的，我是保险公司的业务员，这是我的名片。"我双手递上名片，心里有些发虚。"推销保险？今天已经是第三个了。谢谢您，或许我会考虑，但现在我很忙。"老外的发音直直的，听不出什么感情色彩。

我本来也不指望今天能卖出保单，所以毫不犹豫地说了声"Sorry"就离开了。走到楼梯拐角处，我下意识地回了一下头，看见自己的名片被那个老外一撕就扔进了废纸篓里。

我忽然很气愤。于是我转身回去，敲了敲门，用英语对那个老外说："先生，对不起，如果您不打算现在考虑买保险的话，请问我可不可以要回我的名片？"

老外的眼中闪过一丝惊奇，旋即就平静了。他耸耸肩，说道："对不起，小姐，您的名片让我刚才不小心洒上墨水了，不适合再还给您了。""如果真的洒上墨水，也请您还给我好吗？"我看了一眼他脚下的废纸篓说。

片刻，他仿佛有了好主意："请问你们印一张名片的费用是多少？"

"五毛。"问这个干什么？我有些奇怪。

他拿出钱夹，在里面找了片刻，抽出一张一元的："小姐，真的很对不起，我没有五毛的零钱，这张是我赔偿您名片的，可以吗？"

我礼貌地接过一元钱，然后从包里抽出一张名片给了他："先生，很对不起，我也没有五毛的零钱，这张名片算我找给您的钱。请您看清我的职业和我的名字，这不是一个适合进废纸篓的职业，也不是一个应该进废纸篓的名字。"

说完这些，我转身头也不回地走了。

没想到第二天，我就接到了那个外方经理的电话，他告诉我的是他打算从我这里为全体职工买保险。

商人收养的孤女

诚实的品德、良好的信誉，是人最大的资本。

撰文/齐云

　　30年前一个冬天的晚上，美国华盛顿一个商人的妻子不慎把一个皮包丢在了一家医院里。商人焦急万分，连夜去找。因为皮包内不仅有10万元美金，还有一份十分机密的文件。当商人赶到那家医院时，一眼就看到在清冷的医院走廊里靠墙蹲着一个瘦弱的女孩，她冻得瑟瑟发抖，怀中紧紧抱着妻子丢的那个皮包。

　　原来，这个女孩叫希亚达，是来这家医院陪病重的妈妈治病的。那天晚上，为凑不齐医药费而发愁的希亚达正在医院的走廊里徘徊，突然发现一位女士匆忙中不慎丢下了一个皮包。希亚达忙走过去捡起皮包追出门外，那位女士却上了一辆轿车，很快离去了。

希亚达回到病房打开那个皮包，母女俩都被里面数目庞大的钞票惊呆了。那一刻，她们心里都明白，这笔钱足够付她们的医药费。然而妈妈却让希亚达把皮包送回走廊。希亚达记住妈妈的话："人的一生最该做的就是帮助别人，急他人所急；最不该做的是贪图不义之财，见利忘义。"

她一直在走廊里等着失主的到来。

虽然商人尽了最大的努力，希亚达的妈妈还是抛下了孤苦伶仃的女儿离开了人世。商人便将希亚达收为义女。

被商人收养的希亚达，读完大学就协助商人料理商务。到商人晚年时，他的很多意向都要征求希亚达的意见。

商人临危之际，留下一份令人惊奇的遗嘱：当我站在贫病交加却拾金不昧的母女面前时，我发现她们最富有，因为她们恪守着至高无上的人生准则。是她们使我领悟到了人生最大的资本，那就是品行。我收养希亚达既不为知恩图报，也不是出于同情，而是聘请了一个做人的楷模。我死后，我的亿万资产全部留给希亚达继承。这不是馈赠，而是为了让我的事业能更加辉煌昌盛。

生命

美好的心灵能够超越苦难，超越死亡，幸福和快乐只属于拥有一颗美好心灵的人。

撰文/冷梦

　　一个小女孩病了，医生告诉她，她的生命只有一百多天了。女孩睁着亮晶晶的眼睛想，既然我必须死去，我该怎样度过生命中的这最后一百多天呢？小女孩的妈妈很难过。她对女儿说："你还从来没有见过大海。我带你到中国最美丽的海滨城市去，你可以天天看到湛蓝的海水。要知道，这可是你很久以来的一个心愿。"

　　女孩摇摇头："妈妈，我的心愿太多。大海，只是其中一个。我还想穿上最美丽的裙子跳芭蕾舞，还想坐在维也纳的金色大厅听世界上最美的音乐……你能满足我其中的一个两个心愿，但满足不了我全部的心愿。"母亲叹了口气。不错，要想满足女儿全部的愿望，就得给女儿完整的生命。可是，一百多天，似乎什么都来不及了！电视里正在播放节目，一个养老院里有许多孤独的老人……

几天后，小女孩住进了养老院。每天，她都把欢乐的笑声撒满这些老人的房间；每天，她都听没牙的老奶奶给她讲故事；每天，她都趴在体态龙钟的老爷爷膝上用银铃般的嗓音唱一首首美丽的童谣。养老院的每个老爷爷老奶奶都因小女孩的到来感到幸福。她是他们共同宠爱的小孙女。他们说，在他们即将离开人世的时候享受到这种天伦之乐，将让他们在走向天国的时候不再凄凉和孤独。因为有小女孩的笑声和歌声伴随他们上路……

谁也不知道小女孩身患绝症。但在一天早晨，小女孩静静地死了。小女孩临死前对妈妈说："妈妈，我很快乐，也很幸福。既然我必须死去，那么在这么短的时间里，我只能找到一个快乐而且幸福地结束生命的办法。我找到了，那就是带给别人快乐，所以我是一个幸福的女孩。"

世界为你震动吗

面对人生的磨难，请用你的毅力来创造生命的奇迹吧！

撰文/哈纳克·麦卡提

十一岁的安琪拉患了一种神经系统的疾病，这种病使她日渐衰弱，无法走路，连举手投足都受到诸多的限制。

医生们预计她的余生都将在轮椅上度过。但这个小女孩并不畏惧，她相信有一天她绝对会站起来走路。

她被转诊到一所位于旧金山的复健专科医院，所有适用她的治疗法都用过了，治疗师深深地为她不屈的意志所折服。

他们教她运用想象力，想象自己在走路。如果想象不能发挥其他效用，至少能给安琪拉一丝希望，使她在久卧病榻的清醒时间里，能有积极、正面的想法。

不论是物理治疗、复健治疗或是运动单

元，安琪拉都竭尽全力配合。她躺在床上时总是老老实实地做

想象的功课，想象自己能行动了，动了，真的能行动了！

　　有一天，她再度用尽全力想象自己的双腿又能行动时，似乎奇迹真

的发生了！床动了！床开始在房间中由里到外地移动！

　　她兴奋地大叫道："看看我！看啊！我动了！我可以动了！"

　　当然，医院里的其他人都尖叫起来，纷纷寻找遮蔽物。这一刻，器

材掉落下来，玻璃也碎裂了。这就是著名的旧金山大地震，但请不要告

诉安琪拉，她相信她真的做到了！现在，才不过几年的时间，她又回到

学校上课了！她用双脚站了起来，不用拐杖，也不用轮椅。

　　你瞧，任何人只要能震动旧金山及奥克兰之间的土地，便能克服微

不足道的小毛病，你说是不是？

谁说女子不如男

把坚强和刚毅熔铸在信念中，展现你的风采，你就会熠熠生辉。

撰文/佚名

平阳公主是唐高祖李渊的女儿，她从小就聪明伶俐，才识胆略丝毫不逊色于她的哥哥们，深受李渊喜爱。

后来李渊在太原起兵反隋，身在长安的平阳公主作为叛臣的家眷，危在旦夕。李渊发来密函，让驸马柴绍带着公主速去太原。柴绍觉得两人一起上路，目标太大，分开走又不能保障公主安全，一直左右为难、委决不下。平阳公主却镇定地一笑，说："父亲起兵了，正是用人之际，你速速前去帮忙。我到时候自有办法。"柴绍心中不舍，无奈公主坚持如此，他一时又想不出更周全的办法，只好自己一个人上路了。

驸马走后，平阳公主悄然来到乡下，女扮男装，自称李公子，将产业变卖，招兵买马，公开与朝廷对抗。随后，平阳公主派家僮马三宝前去游说周围州县的起义者，使他们心甘情愿地归降，一时间势力大增。

朝廷见状，企图剿灭这支队伍。平阳公主凭着卓越的组织才能和指挥才能，不但打败了朝廷的每一次进攻，而且趁机扩大战果，连续夺取了附近的几个州县，队伍也不断扩大。这支由公主做主帅的义军，军纪非常严明，得到了广泛的拥护。老百姓都将平阳公主的军队称为"娘子军"。公元617年9月，李渊率主力军队进入关中，惊喜地发现平阳公主已经为他在关中打下了一片天地。

平阳公主不愧为女中豪杰，她的刚毅和智慧让许多男子自愧不如。

宋庆龄语惊四座

秀慧之气、刚强之志、赤子之心，能够使人散发出独特的风采。

撰文/佚名

宋庆龄是国内外公认的20世纪最伟大的女性之一，她出生在一个交汇着西方文明和中国传统文化，充满开明、活泼和革命气息的家庭里。1908年，宋庆龄15岁那年，她的父亲就把她送到美国读书。

1911年10月的一天，在历史讨论课上，宋庆龄与她的同学发生了一场激烈的论辩。

课上，一个金发女同学说："世界文明的中心曾经很长时间是中国，后来是欧洲，现在则是年轻的美国。"接着，她以自负的口气和特有的种族优越感说："我看不出中国还有什么希望。"

听到这里，端庄温雅的宋庆龄反驳道："中国在历史发展中确实落后了，但它绝不会被淘汰，它很快会强盛起来。中国正发生着深刻的历史性剧变，许多仁人志士在组织革命团体，他们正在流血奋斗，以唤醒中国的民众。"

一位美国同学插话道："假若你在中国，这样讲会被杀头的！"

宋庆龄正气凛然地接过话茬："一点不错，事实上，许多仁人志士已经被砍去了头颅。如果非流血不足以唤醒中国民众，那么，在中国进行一场流血的革命是不可避免的，杀头也是值得的。拿破仑说过，中国是一头沉睡的狮子。现在，这头睡狮开始醒过来了！"

教授和同学们以惊异和赞许的目光注视着宋庆龄，他们没有想到，这个柔弱秀美的东方姑娘竟有如此深刻的思想和满腔的爱国热情。从此，他们对外柔内刚，有着强烈民族自尊心和自豪感以及深刻思辨能力的宋庆龄刮目相看。

她用纯真征服世界

一颗纯真质朴的心，一种阳光般灿烂的朝气与活力，同样能使你绽放出独有的魅力。

茜茜公主出生于1837年，她的母亲是奥地利公国索菲皇太后的妹妹，父亲是巴伐利亚的一位贵族。她出生的那一天，既是圣诞节又是星期日，父亲便为这个女儿取名伊丽莎白，爱称茜茜。

茜茜公主的童年在巴伐利亚秀美的湖光山色中无忧无虑地度过。她的父亲喜爱打猎、写诗、弹琴，茜茜秉承了父亲自由烂漫的特质，酷爱骑马。她还非常喜欢小动物，家门口的花园就有茜茜养的小鹿、小狗、小鸟……茜茜常跟随父亲到树林打猎，不过，她可不是帮着父亲捕捉猎物，而是作为猎物的保护神出现在猎场的。在父亲用枪瞄准猎物时，她常常会做出一些小动作帮猎物逃命，弄得父亲哭笑不得。

　　1848年，索菲皇太后的爱子弗兰西斯·约瑟夫登上了皇帝的宝座，茜茜公主的姐姐海伦公主成为皇后候选人。1853年8月，年轻的皇帝弗兰西斯为了探望未婚妻来到了巴伐利亚。那一天，海伦公主被打扮得贞淑贤静、艳光四射。谁知，刚刚随父亲打猎归来的茜茜公主冒冒失失地闯了进来。她身上套着极普通的连衣裙，全身却洋溢着阳光般灿烂的活力与朝气，显得那么朴实，那么无邪，那么动人。弗兰西斯·约瑟夫的眼睛里再看不见其他人了。这位年轻的奥地利皇帝将手中的一束鲜花递给了茜茜公主。然而，为了姐姐的幸福，纯洁的茜茜转身跑掉了。

　　弗兰西斯却冷静地对母亲郑重宣布："我已经决定了，除了茜茜，我谁也不娶。她是美的化身，她是少有的珍宝。茜茜能够成为世上前所未有的皇后。她身上有着一种我无法抵御的天然纯真。母后，我这还是第一次违背您的意愿。"

　　索菲皇太后慎重考虑之后，答应了儿子的请求。

　　1854年4月，他们在维也纳举行了热烈而隆重的婚礼，在一片欢呼声和喧闹声中，这位纯真活泼的公主用她迷人的微笑再一次征服了她的臣民。

坦然面对缺陷

宽容地对待自己的缺陷，自信地发挥自己的优点，你的人生才会完美无憾。

撰文/佚名

著名歌星凯斯·黛莉从小就有一个不为人知的梦想：成为像芭芭拉·史翠珊那样有名的歌手。

黛莉从未向人透露过这个梦想。她只是在没有人的时候放开嗓子歌唱。原因其实很简单：她长着一张难看的阔嘴和一口奇怪的暴牙。

黛莉一直对自己的暴牙耿耿于怀，并一直有意掩饰这个缺陷。

高中毕业聚会时，每个人都得表演节目，她选择了唱歌。她紧张地站在舞台中央。当音乐响起时，她开始和着唱。她一直很在意自己的牙齿，为了使它不影响自己的魅力，她一直想办法把上唇向下唇覆盖，以此来掩饰她暴出的门牙。像这样唱歌当然十分别扭，所以她唱得心不在焉，声音变得扭扭捏捏，甚至连好几段歌词都被忘到了脑后。

同学们看到她奇怪的样子，忍不住哄堂大笑。这是黛莉第一次公开演唱，却得到这种结果，她沮丧万分。

这时，音乐老师史密斯夫人来到她身旁，诚恳地说："凯斯，其实你的嗓子很棒，完全可以唱得更好。但你唱歌时，好像在试图掩饰什么，是不太喜欢自己那口牙齿吧？"

黛莉被说中了心事，羞得满脸通红。

史密斯夫人又直率地说："这有什么关系呢？暴牙并不是什么罪过，你为什么要拼命地掩饰呢？张开你的嘴巴！只要你有自信，观众也一定会喜欢你的。说不定，这口牙齿还能给你带来好运气呢！"

黛莉接受了老师的建议。她开始大胆地在各种公共场合演唱。她不再去想自己的暴牙，只是张开嘴，尽情地放声歌唱。几年后，黛莉成了一位有名气的歌星，有很多人还想刻意模仿她的唱法呢！

提灯女神

拥有坚定的信念、勇于奉献的精神，平凡的人也能变得高贵而伟大。

撰文/佚名

弗罗伦斯·南丁格尔于1820年5月12日出生于英国的一个名门之家。17岁时，南丁格尔出落成了一位优雅秀美的少女，受到英国上流社会众多人士的赏识。她的父母希望她在文学、音乐方面有所发展，然而她却对护理工作产生了兴趣。

当时，没有一个有身份的人愿做护士，父母对此坚决反对。但是，南丁格尔已经下定了决心。她利用到欧洲旅游的机会学习各地的护理工作。回国后，她便在伦敦一家医院任护理主任。

1854年，克里米亚战争爆发。南丁格尔率领38名姐妹毅然来到战场。白天，南丁格尔冒着枪林弹雨抢救伤员。晚上，她让姐妹们休息，自己则提着马灯逐个巡视伤员。一天晚上，南丁格尔像往常一样巡视病房时，发现一个非常烦躁的伤员正在痛苦地呻吟。她轻轻走到伤员身边，把马灯放在他的床头，仔细检查他的伤口。她耐心地安抚道："孩子，别害怕，我不会让你孤单而害怕地面对死亡。" 伤员从南丁格尔身上得到巨大的温暖，积极地配合治疗，最终竟奇迹般地渐渐好转起来。

南丁格尔无微不至地关爱每一个士兵，为了表达对她的崇高敬意，士兵们躺在床上亲吻着她落在墙壁上的身影或她走过的路面，他们十分亲切地称她为"提灯女神"。

体操场上的"冰蝴蝶"

全身心地投入你热爱的事业中，不断拼搏，就能演绎出属于自己的完美。

撰文/佚名

1979年，霍尔金娜出生于俄罗斯边境小城别尔哥罗德市。4岁时，妈妈把她送入了体操学校，霍尔金娜从此爱上了这项运动。

凭着对体操的热爱、刻苦的训练和极好的天赋，几年以后，霍尔金娜便脱颖而出，成为令人瞩目的体操名将。在1995年的日本世锦赛上，她如愿以偿地得到了第一个属于自己的世界冠军。然而，在于1996年亚特兰大奥运会获得第一个奥运冠军称号后，霍尔金娜遇到了职业生涯中的艰难时刻。

那年她17岁，对于体操运动员来说，已经到了退役的年龄。然而经过慎重的思考，她决定留在练习场，她要做一个体操强者。霍尔金娜很

快投入到紧张而艰苦的训练中。在训练队伍中，队友的年龄普遍比她小5到8岁，可是她太热爱体操了，正是这种强烈的感情，使她在一群小辈中坚持下来。

1997年世锦赛上，当她身着一袭黑色丝绒体操服出现在全场观众面前时，大家都兴奋极了。霍尔金娜优雅地走在整个参赛队的第一个位置，脖子抬得高高的，像个真正的公主。

在悠扬舒缓的音乐声中，体操公主开始表演了。一抬手，一投足之间，霍尔金娜带着自己的从容不迫，就连在空中的翻腾，她都显得那么游刃有余，就像一个精灵在花丛间轻轻地舞蹈。上万名观众5次雷鸣般的掌声证明了霍尔金娜的表演多么完美无缺。表演完毕，她用屈膝礼答谢人们的盛情。那一年，她摘取了世锦赛的全能金牌。

霍尔金娜总是用优雅诠释体操运动的美丽，她那美丽忧伤的表情，为她赢得了"冰蝴蝶"的称号。

天生我才必有用

每个人都是一粒与众不同的种子，你只要发现自己的特长，就能结出属于自己的硕果。

撰文/马德

有一个女孩，高中毕业后没考上大学，被安排在当地的一所学校教初中。结果，上课还不到一周，由于解不出一道数学题，她被学生轰下讲台，灰头土脸地回了家。母亲为她擦了擦眼泪，安慰她说："满肚子的东西，有的人倒不出来，有的人倒得出来，没必要为这个伤心。找找别的事，也许有更适合的事情等着你去做呢。"

后来，女孩随本村的伙伴一起外出打工。糟糕的是，没几天她又被老板赶了出来，原因是她裁剪衣服的时候速度太慢了，别人一天可以裁制出六七件来，她仅能做出两件，而且质量还不过关。母亲对女儿说："手脚总是有快有慢的，别人已经干很多年了，而你初来乍到，怎么快得了？"说完，她便为女儿打点行装，准备让她到另一个地方试试。

女孩先后到过几家工厂、公司，当过编织工，干过营销，做过会计，但无一例外，时间不长都半途而止了。然而，每当女孩失败后满脸沮丧地回家时，母亲总是安慰她，从来没有说过抱怨的话。

一个偶然的机会，女孩受聘于一所聋哑学校当辅导员，这一次她如鱼得水。几年下来，她凭着学哑语的天赋和一颗爱心与学生们建立了良好的互动关系，深受学生们的爱戴。后来，她自己申请开办了一家残障学校；再后来，她在许多城市又开办了残障人用品连锁店。如今，她已经是一位拥有几千万资产的老板了。

有一天，功成名就的女儿来到已经年迈的母亲面前。她想知道，那些年她连连失败，自己都觉得前途渺茫的时候，是什么原因让母亲对她那么有信心呢？

母亲的回答朴素而简单，她说："一块地，如果不适合种麦子，那么可以试试种豆子；豆子也长不好的话，可以种瓜果；瓜果也不济的时候，撒上些荞麦种子一定能开花。因为一块地，总有一粒种子适合它，也终会有属于它的一片收成……"

天使飞过

有生命力的种子绝不会悲观和叹气，积极、乐观和坚强的意志会使你如天使般美丽。

撰文/佚名

上高中时，我和她是同桌。她，黑黑的皮肤，却爱穿白色，笑起来时，眼睛就眯成了一条线。班里有人丢弃废电池，她会跑去捡回来。

周一全校大会上，校长朗读了一封表扬信，是市红十字会寄给她的。她去献血了，是年龄最小的一个，我们的目光都投向她。这其中有敬佩也有不屑。我问她："献血前你问过父母的意见吗？"她说："没有，问了他们我就去不成了。不过，他们会为我骄傲的。"

再接下来有体育测试，她不擅长跑步。"这次我要拼了老命地跑啦！"她冲我挥挥拳头。"加油！"我送给她一个胜利的"V"。在体育老师担心的目光下，她开始了800米。一圈、两圈，她越跑越慢，步子越

来越小，轻轻地，好像怕震碎什么，人也有些摇摇晃晃了。我跑上去，她停了下来。"跑啊，跑起来！"我大叫，只希望她能及格。她看了我一眼，眼里充满了一种不知名的东西，然后她用手捂住胸口，倒在了地上。我直愣愣地看着一群慌乱的人把她送上救护车。

　　第二天，她便来上学了，像往常一样快快乐乐地穿着白衣服。"你怎么了？"我问她。"没什么呀！"她很轻松地说，笑得很灿烂。

　　然而三天后，她就从班上消失了。看着身边空着的位子，我的心里一直不平静，到底是怎么了，她可从不请病假的。在下午的语文课上，班主任讲着我们上周的测验卷，最高分得主是应该坐在我身边的她。老师讲讲题便看一眼空位。忽然，老师停住了。她缓缓地注视着我们每一个人，柔和的目光中含着一种闪亮着的东西。然后，我们从老师口中听到了关于我同桌的消息，她得了脑癌，晚期了。一下子，我们安静了下来，这一天，我们上课是前所未有的认真。

为舞蹈而生

为了梦想不懈奋斗，对信念始终不离不弃，你的人生就会绚烂夺目。

撰文/佚名

现代舞创始人伊萨多拉·邓肯于1878年生于美国纽约。受母亲熏陶，她从小就热爱艺术。

10岁的时候，迫于生计，邓肯开始给附近的孩子们做舞蹈教师。她和姐姐一起编创了各种优美的舞姿。

18岁那年，邓肯加入了著名的达利舞蹈剧团。她主张把舞蹈建立在自然的节奏与动作上，这与当时刻板的古典舞蹈格格不入，她的舞蹈天赋不能得到发挥，没过多久，她就愤然离去。

为了舞蹈事业，邓肯辗转来到了纽约。这时，她身上的钱已经花得差不多了，她穿着母亲用几码薄纱为她缝制的白色舞衣去应聘歌舞剧团的演员。在空荡荡的舞台上，邓肯忘情而舞，台下恰好坐着美国著名钢琴家、作曲家埃斯尔伯特·奈温，他被邓肯的舞蹈深深地吸引住了。他建议邓肯在卡内基音乐厅里举行演出，并许诺将亲自为她伴奏。邓肯不想辜负埃斯尔伯特的期望，决定编创新的舞蹈。她双手交叉在胸前，独自在凄冷的排练房里一连伫立几个钟头。她要表现人类神圣的精神，让生命像鲜花一样绽放。

　　演出非常成功，邓肯的舞蹈让人们十分着迷。从此，她成了人们心目中的舞蹈女神。

为自己埋单

只有自强、自立、自信，你才能付得起人生的账单。

撰文/吴楠

毕业于名牌大学艺术系的我，在一系列漫长艰辛的应聘中击败了所有对手，来到这所意大利独资装潢设计公司，成为设计部的一名员工。

上班第一天，一个栗色长发的外籍女孩子很明媚地冲我微笑："嗨，我是Marla。先来杯咖啡怎么样？"我看着她，忙不迭地打招呼："你好，我是阿楠。"她歪着头望着我，等待什么似的停顿了十几秒钟，见我没有更多的反应，便转身走向格子间尽头的咖啡机。不一会儿，她端着一杯热腾腾的咖啡从我面前走过。奇怪，这位"麻辣"小姐不是问我要不要咖啡吗？

我好奇地走到咖啡机前，发现上面贴着一个说明——投入十美分硬

币，您将品尝到纯正的蓝山咖啡。十美分，还不足人民币一元钱。这个
"麻辣"小姐不会为了区区一元钱而舍不得给我买一杯吧？

　　一个多小时后，Marla又探过头："楠，想喝一杯咖啡吗？"我正
忙着手头上的事，头也没抬地随口应了声："好啊！"可十多分钟过去
了，我发现这个意大利女子正津津有味地品尝咖啡，似乎完全忘记了她
的问话。注意到我诧异的表情，她一扬眉毛："你真的要喝咖啡吗？"
我这才恍然大悟，赶忙摸出一枚十美分的硬币递了过去。一分钟之内，
咖啡摆放在我的面前。我一边啜饮，一边注意到，这里每个人喝咖啡都
是自己付费，虽然仅仅只有十美分，却没有一个人提出代付或者请客。

　　　　　　　　　不久，在这个奇怪得有些冷漠的环境中，我终
　　　　　　　　于联系上了第一位客户。无奈他是
　　　　　　　　　一位从小在日本长大的先
　　　　　　　　　生，不会讲英

文，而我的日文又太差，沟通很成问题，于是我只好求助于精通日文的"麻辣"小姐了。"麻辣"小姐看了一下客户的情况，湖水色的眼睛眨也不眨，却非常认真地问我："楠，你想好了吗？"

我并没有意识到这就是将单子拱手让人。"麻辣"小姐开始事无巨细地进行前期沟通，当我开始忐忑不安的时候，客户的电话、传真和E-mail已经陆续转移到了"麻辣"小姐那里。这可是我的第一笔单子！我急了，忍不住吼道："Marla，你怎么抢我的客户？""麻辣"小姐放下手中的报表，不慌不忙地说："楠，当初是你请我接手的，怎么称得上是抢呢？你的学识不足，没办法把握这个机会，请不要把责任推到别人身上。在这里买一杯咖啡都需要你亲自付费的。"

我把牙咬得咯咯响，却连一句反驳的话都说不出来。的确，在这里连免费享用一杯咖啡都不可能，何况几十万元的客户订单？没有人会为你的人生埋单。

半个月后，我们最大的客户——清扬房产的瞿总过来参观。路过行政部的时候，一位中年男子的叫嚷声吸引了瞿总的注意力。我一惊，正是我负责的客户刘先生。那是一笔不大的单子，他认为我为他做出的设计报价有水分，多了几千元钱。

我毫不犹豫地站了出来，只要是我的错误，就不能等待和回避。"刘先生，先请坐下，我和您一起再核算一下，可以吗？"花了大约十五分钟的时间核算，原来，是刘先生误算了一份工时费。找出问题的症结之后，刘先生显得有些不好意思，连连道歉说："我这笔小单子耽误你接待大客户了。"

　　我站起身，非常诚恳地对刘先生说："没关系，每一位客户都是值得尊敬的。所以，就算有瞿总这样重要的客户在场，我们也不能停止为一位普通客户服务。而且，每一分钱都应该算得明明白白，这既是对客户负责，也是对自己和公司负责。"

　　听到这里，瞿总紧锁的眉头舒展开了，微笑着对经理说："看来，我们是一定要合作的了！"于是，当天下午双方就举行了签字仪式。下班前，经理把我和"麻辣"小姐一起叫进了办公室，希望我们能合作完成这笔单子的设计任务。其实，我只是为自己的事情埋单，却意外地得到了上司的赏识。

温暖的拥抱

爱心是奉献和无言的关怀，它能给人带来温暖和希望。

撰文/佚名

英国王妃戴安娜是人们心中永远的"平民公主"。她性格善良，富有爱心，总以她的温暖和友爱鼓舞他人。

1991年7月的一天，当时的美国总统夫人芭芭拉·布什与戴安娜一同探访一家医院的艾滋病病房。当时很多人还错误地认为和艾滋病人接触也会使自己染上病毒，戴安娜却毫不犹豫地坐在一位病得已经起不来的患者床边，向他伸出了同情之手。戴安娜深深明白，艾滋病患者需要的不是隔离，而是热心和关爱。于是她给了患者一个深深的拥抱。患者再也控制不住自己的感情，放声哭了起来。戴安娜轻声说："我知道人们为你们做的还是太少太少了，我能够给予你们的也仅仅是一分钟、半个小时、一天或者一个月的爱。我很愿意为你们多做一些事。"

戴安娜对一切受苦的人和生命垂危的人，都有一种与生俱来的帮助欲和献身精神。

1997年1月13日，戴安娜到安哥拉首都罗安达看望因战争而遭受苦难的人。在医院里，戴安娜见到了7岁女孩海伦娜。女孩的肠子都被炸出来了，生命垂危，屋子里的苍蝇围着她嗡嗡地飞着。戴安娜出于本能，很自然地走过去，像母亲一样把她搂在怀里，说："好孩子，不怕。"戴安娜走后，海伦娜问："刚才那人是谁？"别人告诉她，那是从很远的英国来的一个王妃。海伦娜说："她是天使吗？"

戴安娜总是尽全力去热爱和帮助那些在社会上孤立无助的人，她是降落人间的天使。

我把饭馆开在菜棚里

关注生活，才会有所创造。

撰文/佚名

罗美菱大学毕业后，很快就在自己的工作中脱颖而出，成为公司里最年轻的部门经理，当时也算是一位成功女性。但谁也没有想到的是，她放弃了自己以往的生活，选择了独自创业。

这一切都起源于一篇名为《租个小岛过日子》的文章。文章说，现在越来越多的都市职业人为了缓解工作和生活的压力，倾向于去依山傍水的地方租一块土地，建一座小木屋，有时间就去那里度假，过一段清新自然的绿色生活……

看了这篇文章，罗美菱的心不由得怦然一动。她的老家在农村，每次回家，母亲总会去自家的菜地里摘些新鲜蔬菜，用土家方法烹制。这些味道特别鲜美的菜，总是令人胃口大开。"田园生活轻松自在能吸引人们的目光，为什么我不好好利用这一点呢？"罗美菱心想。于是她动手建立起乡村土菜馆。

不久，她的乡村土菜馆开业了。这是一间只有三十多平方米的小菜馆，位于罗美菱自家菜地的大路边，全木头构建，锅是大铁锅，灶是泥巴灶，抹布是用干丝瓜瓤做的，水瓢是半个葫芦……她的广告词写得温馨而实在："你渴望自己动手采摘最新鲜的果蔬吗？你愿意亲自使用最原始的工具烹调一桌美味吗？不要太多的钱，也不要太多的时间，农家小院里，在开满丁香花的树下，我们邀你一起看月亮……"

久居城市的人们从来没有见过这么新奇的餐馆，他们可以在大棚的那一头采摘果蔬，在这一头烹调美味……别具一格的创举，使大棚里的土家菜馆渐渐出了名，越来越多的人成了这里的常客。

现在，菜棚餐馆已经开到了12家。罗美菱希望更多的人能够在享用果蔬的自我劳动中，放松心情，舒缓压力。

我是坚持最久的女孩

世间最容易的事是坚持，最难的事也是坚持。要记住，坚持到底就是胜利。

撰文/黄志军

还很清楚地记得刚进大学时的模样，转眼之间就大四了。于是，上半学期刚开始就坐立不安。因为是女生，因为学的是外贸，因为英语学得不够特别好……虽然我有一大把的奖状与荣誉证书，心里依旧满是焦灼。

宁波市的人才交流会在年前举行，第一天上午我就准时赶到了。当我好不容易挤到一个展位前时，传到耳朵里的是："哎呀，怎么又是个女生啊！对不起，我们已经招满了。"

我转身要走，可就在回头的那一瞬间，我看到身后还有那么多人在挤着前来应聘，于是我打消了退出的念头。

我默默地在展位前待了一段时间，待求职者稍微少了一点，便不失时机地把手中的资料递到一位年长些的先生手上。可是，他连看都没看就递给了身边的人，然后我的材料就淹没在一堆黄黄绿绿的自荐书中。

一股巨大的力量推动着我，我几乎想都没想，就在那堆黄黄绿绿的材料中把自己的推荐表抽了出来，毫不客气地递到第一个人手里："先生，可不可以给我一个面试的机会？"

"如果你觉得你有这个能力，就自己过去试试。"说完，他就把材料递给了"面试官"，同时又接过下一个男生的资料。

"面试官"有一口流利的英语。我调动了自己所拥有的几乎全部英文单词和语法来对付他的提问，不知过了多长时间，这个很酷的人突然说："下午来公司面试吧。"

下午去公司参加第二次面试时，我赫然发现早上接材料的第一个人竟是公司老总！在连珠炮似的回答完老总的问题后，他一改早上的严肃，对我说："现在可以和你签协议吗？"

我愣了一会儿，不知为何好运从天而降。"我上午就注意到你了，你是在我们展位前坚持得最久的一个女孩。做代理，除了综合素质，毅力同样很重要。恭喜你！"

就在放弃与坚持之间的那一步，决定了我的输赢。

我为你感到骄傲

善良是最为朴素的美，你的一点点善心和关爱，会给他人带来意想不到的幸福。

撰文/莱昂尼·瑞威斯

我永远也不会忘记妈妈让我去参加露丝9岁生日宴会的那一天。

那年我上三年级。一天，我带回家一份粘有些许花生油的请贴。

"我不打算去，"我说，"她是新来的，名叫露丝。她邀请了我们全班的同学，一共36个人。"妈妈仔细地端详着那份手工制作的请帖，神情忧伤。然后，她说："你应该去，明天我去给你挑选一件礼品。"

露丝生日那天，一大早妈妈就把我从床上催了起来，并让我把一个漂亮的化妆盒包裹好。她用她那辆黄白色汽车把我送了过去。

露丝开了门，我跟着她走上一段我所见过的最陡峭，也是最让人惊恐的楼梯。然后，我看到了一个布置得非常简陋的生日宴会场面：桌子

的上面摆着一个大蛋糕，上面装饰着9支粉红色的蜡烛。在蛋糕的旁边，摆着36个盛冰淇淋的纸杯。

"你妈妈呢？"我问露丝。她低着头，说："唉，她有些不大舒服。"

"噢，你爸爸呢？""他已经去世了。"

客厅里一片沉寂，偶尔有几声沙哑的咳嗽声从一扇关着的门后传出。突然，一个意念跳进了我的脑海：再没有人会来了。

这时，我听到一阵压抑的抽泣声。我抬起头，看到了露丝满是泪痕的脸。顷刻间，我幼小的心灵充满了对露丝的同情和对其他同学的愤怒。我轻轻拉住露丝的手，大声宣告："谁需要他们。"露丝吃惊地看着我，渐渐地变成欣喜的赞同。就这样，两个小女孩开始庆贺生日。

一转眼就到了中午，妈妈在外面按汽车喇叭。看到妈妈，我不禁激动地说："我是唯一参加露丝生日宴会的一个。"妈妈紧紧地抱住我，说："我为你感到骄傲！你是最善良的公主！"

图书在版编目（CIP）数据

感动女孩的100个公主故事：距离完美还有多远／
龚勋主编. —汕头：汕头大学出版社，2012.1（2020.1重印）
ISBN 978-7-5658-0540-0

Ⅰ．①感… Ⅱ．①龚… Ⅲ．①故事－作品集－世界
Ⅳ．①I14

中国版本图书馆CIP数据核字（2012）第008867号

感动女孩的100个公主故事：距离完美还有多远

GANDONG NÜHAI DE 100 GE GONGZHU GUSHI：JULI WANMEI HAIYOU DUOYUAN

总 策 划	邢 涛	印 刷	永清县晔盛亚胶印有限公司	
主 编	龚 勋	开 本	705mm×960mm 1/16	
责任编辑	胡开祥	印 张	10	
责任技编	黄东生	字 数	150千字	
出版发行	汕头大学出版社	版 次	2012年1月第1版	
	广东省汕头市大学路243号	印 次	2020年1月第6次印刷	
	汕头大学校园内	定 价	29.80元	
邮政编码	515063	书 号	ISBN 978-7-5658-0540-0	
电 话	0754-82904613			